四弦散谈

教养的关系花园

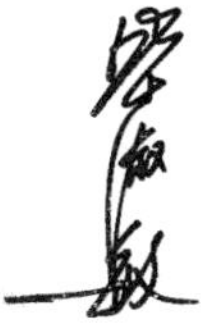

生活書店 出版有限公司
生活·讀書·新知 三联书店

自序 教养的关系花园

人生活在关系中，如同沙粒沉浮在恒河中。人和自然的关系，人和人之间的关系，人和自我的关系……点点滴滴丝丝缕缕，把我们包绕如里三层外三层的礼物。人类所有的研究所有的判断，无非都是在观察关系，描绘关系，试图主导关系。

所有的关系之中，人和自己的关系最重要。混淆了这一层关系，人便成了一团被排泄的尾气，不知道自己是谁，暗淡了焦点，迷失了方向。好的关系，像是一罐新鲜的牛奶，芳香醇厚极富营养，可以滋养生命从幼小走向壮健。各种关系犹如一道名菜佛跳墙，珍稀的食材汇聚在一个陶钵中，被岁月的文火慢慢地煎煮着，诸物融合，待火候到了，就成了无与伦比的一道美味，补心补脑益寿延年。

倘若是一团不良的关系，杂草丛生蚊蝇肆虐都算是好的，最怕毒蛇出没、埃博拉病毒肆虐，会伤及性命。它们张牙舞爪地纠缠着你，腐蚀着你，捆绑着你，勒窒着你……它们裹挟着你走向你不想去的地方；它们把你变成你不想成为的人；它们加害你于无形，毁灭你不着痕迹。

要做一个体面美好的人，先要在自己周围缔造起佳美的关系。这需要学习，需要受教育。教养不会从天而降，习得很重要。要学会和我们的父母亲密无间，倾听而不唯命是从；和我们所爱的人唇齿相依，紧密而不混淆；和我们的孩子亦师亦友，慈爱而不包办；和我们的朋友，相知而不逾界；和我们的上司，尊敬而不谄媚；和我们的同侪，协同而不越俎代庖；对我们的下属，谦逊而不居高临下；对大自然，敬畏而不傲慢；对人世间，清醒而不迷恋；对历史，研习而不匍匐；对未来，展望而不坐等……凡此种种关系，绮丽繁杂，然而不必急不必慌，以一颗诚恳之心慢慢理顺，有了错误就更正，有了疏漏就弥补。可以因亲人的失去而哀伤，但不要过久地沉湎于锥心之痛，因为他们的远行，是遵循了一个伟大的定律，不可抗拒；可以为新生命的降诞而欢欣鼓舞，但也不必无原则地溺爱，因为他们自有漫长的人生要跋涉，必有不可替代的磨难须独自穿越。

哦！无所不在的关系绑带，将我们缠绕。然而即使原有的关系顷刻崩裂，我们也依然可以傲然而立，因为你和你还一如既往地存在。期待所有的关系花园中，书声琅琅，鲜花熏梦，丰果碧树，流水幽香。

目录

教你生病

儿子比我高了。

一天，我看他打蔫，就习惯性地摸摸他的头。他猛地一偏脑袋，表示不喜欢被爱抚。但我已在这一瞬的触摸中，知道他在发烧。

“你病了。”我说。“噢，这感觉就是病了？我还以为我是睡觉少了呢。妈妈，我该吃点什么药？”他问。

孩子一向很少患病，居然连得病的滋味都忘了。我刚想到家里专储药品的柜里找体温表，突然怔住。因为我当过许多年的医生，孩子有病，一般都是自己在家就治了。他几乎没有去过医院。

“你都这么大了，你得学会生病。”我说。“生病还得学吗？我这不是已经病了吗？”他大吃一惊。“我的意思是你必须学会生病以后怎么办。”我说。

“我早就知道生病以后该怎么办——找你。”他成竹在胸。

“假如我不在呢？”“那我就打电话找你。”“假如……你终于找不到我呢？”

“那我就……就找我爸。”

也许这样逼问一个生病的孩子是一种残忍，但我知道总有一天他必须独立面对疾病。既然我是母亲，就应该及早教会他生病。

“假如你最终也找不到你爸呢？”“那我就忍着。你们反正早晚会回家。”儿子说。“有些病是不能忍的，早一分钟是一分钟。得了病以后最应该做的事是上医院。”“妈妈，你的意思是让我今天独自去医院看病？”他说。虽然在病中，孩子依然聪敏。“正是。”我咬着牙说，生怕自己会改变主意。“那好吧……”他扶着脑门说，不知是虚弱还是思考。“你到外面去打的，然后到××医院。先挂号，记住，要买一个本……”我说。“什么本？”他不解。“就是病历本。然后到内科，先到分号台，护士让你到几号诊室你就到几号，坐在门口等。查体温的时候不要把人家的体温表打碎。叫你化验你就到化验室去，要先划价，后交费。等化验结果的时候，要竖起耳朵，不要叫到了你的名字没听清……”我喋喋不休地指教着。“妈妈，你不要说了。”儿子沙哑着嗓子说。

我的心立刻软了。是啊，孩子毕竟是孩子，而且是病中的孩子。我拉起他滚烫的手说：“妈妈这就领着你上医院。”他挣开来，说：“我不是那个意思。我是说我要去找一支笔，把你说的这个过程记下来，我好照着办。”

儿子摇摇晃晃地走了。从他刚出门的那一分钟起，我就开始后悔。我想，我一定是世上最狠心的母亲，在孩子有病的时候，不但不帮助他，还给他雪上加霜。我就是想锻炼他，也该领着他一道去，一路上指指点点，让他先有个印象，以后再按图索骥。虽说很可能留不下记忆的痕迹，但来日方长，又何必在意这病中的分分秒秒？

时间艰涩地流动着，像沙漏坠入我忐忑不安的心房。两个小时过去了，儿子还没有回来。我虽然知道医院是一个缓慢的地方，心还是疼痛地收缩成一团。

虽然我几乎可以毫无疑义地判定儿子患的只是普通的感冒，如果寻找什么适宜做看病锻炼的病种，这是最好的选择，但我还是深深地谴责自己。假如事情重来一遍，我再也不教他独自去看病。万一他以后遇到独自生病的时候，一切再说吧。我只要这一刻他在我身边！

终于，走廊上响起了熟悉的脚步声，只是较平日有些拖沓。我开了门，倚在门上。

“我已经学会了看病。打了退烧针，现在我已经好多了。这真是件挺麻烦的事。不过，也没有什么。”儿子骄傲地宣布，又补充说，“你让我记的那张纸，有的地方顺序不对。”

我看着他，勇气又渐渐回到心里。我知道自己将要不断地磨炼他，在这个过程中，也磨炼自己。

孩子，不要埋怨我在你生病时的冷漠。总有一天，你要离我远去，独自面对包括生病在内的许多苦难。我预先能帮助你的，就是向你口授一张路线图。它也许不那么准确，但聊胜于无。

生病也是生活

《教你生病》这篇小文，讲的是我和儿子的一个生活片段，几乎完全是原始风貌，我不过是按照时间的顺序直接记录下来。多年来，我在创作中基本遵循着一个原则：小说可以虚构，但散文几乎都是真事。二者在我这里的区别，大致相当于艺术摄影和纪实的老照片。我们之所以今天还对那些遥远年代的泛着橙黄色的卷边照片，双眸聚焦心存暖意——因为它们曾经的真实。

这篇小文选给五年级的孩子们看，真是十分合适。事情发生的年代，我儿子正巧也是这个年龄段，同学们读起来，也许会有几分亲切感。这些年来，我碰到过若干位家长，跟我说他们喜欢这篇文章，有几位干脆说他们曾模仿这篇文章描写的步骤，让病中的孩子独自去看病。

人是会病的，孩子也不能幸免。生病是生活的一部分，父母不能包办一切。我一直秉承这一思路，来处理自己和孩子的关系。

父母爱孩子，是天性和本能。如何教育孩子，需要学习和实践，本能管不了那么多。孩子一天天长大，能做的事情、能思考的问题逐日增加，越来越多。一切都是在潜移默化中发生，并没有什么人正儿八经地向我们宣告骤变从哪一个时刻开始。爸爸妈妈这个职务，是世界上最难胜任的角色之一，充满了艺术性和不确定性。

我是医生出身，始终觉得生病不要大惊小怪，不过是生活的颤音，只有按部就班欣然接受，从容面对。看过一个纪录片，说的是狮子如何教后代捕获猎物，狮妈妈非常认真和周到，甚至不惜向小狮子发脾气，撕咬它们，以求让孩子们习得正确的捕猎方法……我很感动，心想，一个动物尚且如此言传身教，作为人类的母亲，爱孩子，要有目的有步骤地训练孩子奔跑和翱翔的能力。

有一位女性告诉我，儿子上大学在武汉，某天早上起来不舒服，请了假躺在床上。到了中午，觉得身上发冷，可能是发烧了。同学们到校外参观，也没人回来。男生很害怕，就给他远在北京的妈妈打电话，说，我快要死了，你救救我。妈妈说，你赶快到医院去看病啊。他说，我不会看病。妈妈百般无奈之下，给当地一个朋友打电话，求他放下自己的工作，到××大学宿舍楼，带自己的孩子去看病。那个朋友就打了车，跨过长江到了大学区，好不容易找到男孩，把他送到医院，最后诊断是重感冒。这位妈妈对我说，我要是早点儿看到你的这篇文章就好了，也不必让人家跨过长江去救我的孩子。

我的这篇小文是从一个妈妈的眼光和心情来写的，不知道孩子们能不能体会到母亲的百感交集——那种既想让孩子锻炼成长，又怕孩子遭受磨难的复杂心理。结尾部分“聊胜于无”一句，可能稍微有点儿绕。我的本意是：无论一个妈妈对自己的孩子倾注了多少心血，每个人的路还是要自己走。当长辈的只能为孩子们提供一张大致的路线图，可能和现实生活还有很大的距离。归根结底，路是要自己走的。

妈妈，请『跟上』

十几年前，儿子和我同启电脑蒙。有次电脑故障，请专家会诊，儿子在旁，不断插言。告别时，专家对我说，电脑再出毛病，不必病急乱投医了，身边就有好大夫。我说，谁？他说，你儿子。

后来我对儿子说，咱俩是脚前脚后的同学啊，你何时修炼成精？儿子说，这许多年来，你对电脑，只是知其然，不知其所以然。好比一个蹩脚的司机，只管开车，并不学习机械原理。通常情况下，还能开着摇摇摆摆地走，荒漠野外遇到抛锚，就一筹莫展了。再比如，一个使用傻瓜相机的人，一般也可凑合拍出能看的照片，但想要表现特殊的情调和效果，就鞭长莫及了。打个比方……

我说，别举一反三了，咱们还是就事论事吧。

儿子说，多年来，我冷眼旁观你的态度，觉得你把电脑看得太神圣了。这也不敢碰，那也动不得。你们这些当妈妈的人，学习的最大心障，就是把电脑奉若神明。

我辩解道，谁敢小看电脑？别的不说，起码它是咱家最贵重的不动产啊！

儿子说，再贵重它也是一种工具，就该听人使唤。你们这一代啊，总把物看得比人更重要。

他这句话激我想了很多。

孩子，你说得对，也不对。

我们这一代人，是在爱护公物的教育里长大的。有了家，家里的东西好像也是公物，私自损坏不得的。小时候，丢失一块头巾一支钢笔，受到的责骂和内心的歉疚，刻骨铭心。但是，我们用肩将这历史的负荷承住，并未转嫁于后代。

孩子，我承认我把物看得比自己重，但不曾把它看得比你重。你不能否认，自己是在宽松的环境下长大的。你小时把东西搞坏搞丢了，哭丧着脸，等我回家，只要告诉了我，我拍拍你的头，说，好啦，不要紧。你就立刻万事大吉，无忧无虑地玩去了。损物不受苛责，需要经济和爱意的双份支撑。今天的母亲比旧时的母亲宽裕了，所以你们这一代才酿出视物为草的胆量。孩子，我们是在不同环境下生长的植物，妈在寒带，你在温带。所以，夏虫不可语冰。

如今我当家做主，坏了东西再无人指责，但也无人再来宽恕。对于勤俭成性的妈妈来说，律己的心非但未见轻松，反倒更苛求了。

中年女人学电脑，也许首要破除的就是太珍惜物品的习气。不但要宽容后代的探索，也要给自己备出足够的学费。我们要原谅孩子，更要原谅自己。辛劳已半生，机体疲惫不堪，反应不再神速，指法不再轻盈。我们不必懊恼，不必幻想，不必惆怅，不必羡慕。更要学会关爱自己，珍视自己，循序渐进，不期望在某个早上万事如意。

不要在机器万一故障的时候，怨天尤人，从此缩手缩脚。

不要因为未能听懂老师的术语，而自惭形秽，无颜再问。

不要因为指法的粗钝和反应的迟缓，羞于人前演示，独自暗中摸索，以致事倍功半。

不要以“女人天生不是学电脑的料”，来为自己的畏葸辩解，暗中逃避。

不要以“年纪老了，忘性比记性大”，制作一面面盾牌，遮挡自己的惰性和消极。

太阳过午，我们的记忆力已伤痕累累。要在这块拥挤的土地上辟出葱翠的园地，需下更大的心气耕种，施更厚重的肥料滋养地力。

有一句口号叫作“跟上你的孩子”，我总是不无悲观地认为，孩子是跟不上的。正因为一代代的成人跟不上孩子，世界的轮子才滚滚向前。妈妈们，要不断地“跟上”啊，不仅仅是为了孩子，更是为了跟上明天，跟上自己。

附耳细说

韩国的古书，说过一个小故事。

一位名叫黄喜的相国，微服出访，路过一片农田，坐下来休息。瞧见农夫驾着两头牛正在耕地，便问农夫，你这两头牛，哪一头更棒呢？农夫看着他，一言不发。等耕到了地头，牛到一旁吃草，农夫附在黄喜的耳朵边，低声细气地说，告诉你吧，边上那头牛更好一些。黄喜很奇怪，问，你干吗用这么小的声音说话？农夫答道，牛虽是畜类，心和人是一样的。我要是大声地说这头牛好那头牛不好，它们能从我的眼神、手势、声音里分辨出来我的评论，那头虽然尽了力，但仍不够优秀的牛，心里会很难过……

由此想到人，想到孩子，想到青年。

无论多么聪明的牛，都不会比一个发育健全的人，哪怕是稍明事理的儿童，更敏感和智慧。对照那个对牛的心理体贴入微的农夫，世上做成人、做领导、做有权评判他人的人，是不是经常在表扬或批评的瞬间，忽略了一份对心灵的抚慰？

父母常常以为小孩子是没有或是缺乏自尊心的，随意地大声呵斥他们，为了一点小小的过错，唠叨不止。不管是什么场合，有什么人在场，只顾自己说得痛快，全然不理会小小的孩子是否承受得了。以为只要是良药，再苦涩，孩子也应该脸不变色心不跳地吞下去；孩子越痛苦，越说明对这次教育的印象深刻，越能够起到举一反三的效力。

这样的父母，实在是想错了。

能够约束人们不再重蹈覆辙的唯一缰绳，是内省的自尊和自制。它的本质是一种对自己的珍惜和对他人的敬重，是对社会公有法则的遵守与服从。如果一个孩子从小就在无穷的心理折磨中丧失了尊严，无论他今后所受的教育如何专业，心理的阴暗和残缺都很难弥补，人格潜伏着巨大危机。

人们常常以为只有批评才需注重场合，若是表扬，在任何时机任何情形下都是适宜的，这也是一个误区。

批评就像冰水，表扬好比热敷，彼此的温度不相同，但都是疗伤治痛的手段。批评能使我们清醒，凛然一振，深刻地反省自己的过失，迸发挺进的激奋。表扬则像温暖宜人的淋浴，使人血脉偾张，意气风发，产生勃兴向上的豪情。

但如果是在公众场合的批评和表扬，除了对直接对象的鞭挞和鼓励，还会涉及同时聆听的他人的反应。更不消说领导者常用的策略往往是这样：对个别人的批评一般也是对大家的批评，对某个人的表扬更是对大多数人的无言鞭策。至于做父母的，当着自家的孩子，频频提到别人家孩子的品行作为，无论批评还是表扬，再幼稚的孩子也都晓得，更是醉翁之意不在酒的含沙射影。

批评和表扬永远是双刃剑。使用得好，犀利无比，斩出一条通达的道路，使我们快速向前；使用不当，就可能伤了自己也伤了他人，滴下一串串淋漓的鲜血。

我想，对于孩子来说，凡是隶属天分的那一部分，无论是表扬还是批评，都不必过多地拘泥于此。就像玫瑰花的艳丽和小草的柔弱，都有浓重的不可抵挡的天意蕴藏其中，无论其个体如何努力，可改变的幅度不会很大，甚至丝毫无补。玫瑰花决不会变成绿色，小草也永无芬芳。

人也一样。我们有许多与生俱来的特质，每个人都是不同的。比如相貌、身高、气力的大小、智商的高低……在这一范畴里，都大可不必过多地表扬或是批评。夸奖这个小孩子是如何美丽，那个又是如何聪明，不但无助于让他人有的放矢地学习，把别人的优点化为自己的长处，反倒会使没有受表扬的孩子滋生出满腔的怨怼，使那受表扬者繁殖出莫名的优越。批评也是一样，奚落这个孩子笨，嘲笑那个孩子傻，他们自己无法选择换一副大脑或是神经，只会悲观丧气，也许从此自暴自弃。旁的孩子在这种批评中无端地得了傲视他人的资本，便可能沾沾自喜起来，松懈了努力。

批评和表扬的主要驰骋疆域，应该是人的力量可以抵达的范围和深度，它们是评价态度的标尺而不是鉴定天资的分光镜。我们可以批评孩子的懒散，而不应当指责儿童的智力；我们可以表扬女孩把手帕洗得很洁净，而不宜夸赏她的服装高贵；我们可以批评临阵脱逃的怯懦无能，却不要影射先天的多病与体弱；我们可以表扬经过锻炼的强壮机敏，却不必太在意得自遗传的高大与威猛……

不宜的批评和表扬，如同太冷的冰水和太热的蒸气，都会对我们的精神造成破坏。孩子和年轻人的皮肤与心灵，更为精巧细腻。他们自我修复的能力还不够顽强，如果伤害太深，会留下终生难复的印迹，每到阴雨天便阵阵作痛。遗下的疤痕，侵犯了人生的光彩与美丽。

山野中一个农夫，对他的牛都倾注了那样淳厚的爱心。人比牛更加敏感，因此无论表扬还是批评，让我们学会附在耳边，轻轻地说……

好脾气的悖论

记得一位老妈妈曾对我说，要为儿子挑一房好脾气的媳妇。我说，你怎么考察呢？她说，看为娘的脾气就知道女儿的性情了。过了几年，我问老人家，媳妇怎样？她说，啊呀呀，再没那么凶的了，属煤气罐的，一点就着！老人又说，轮到给小儿子说媳妇，这回特地挑了一家悍妇的女儿，果然竟是极温顺的。你说这是怎么回事？她瞪着苍老的黄眼珠问我。

我不知道老妈妈的遭遇是否具有普遍性，也不认为脾气孬好是恋爱的先决，只是环顾四周的家庭，像这般悖论的情形，似乎还可找到不少。

一个在充满了爱意的家庭中长大的孩子，却丧失了最起码的温情，凶残地对亲人举起屠刀；一个极朴素的母亲，孩子反奢靡成风；钵满缸流的富家子弟，横起杀人越货的贼心；勤俭本分人的后代，摇身成了江洋大盗；目不识丁的双亲，养育半打硕士博士；荒僻的山野，走出雄才大略的军师；贫寒人一旦发达，挥金如土；富甲天下的豪门，一毛不拔……

家庭通常是一个古老的模具，克隆出与前辈酷似的后代。此等异样情形，实在是一个悖论。设想因为父母脾气躁动，孩童自小在疾风暴雨中成长，经受锻炼考验，耐力反倒出众。家长若是老好人，四处懦弱逢迎，对孩子也唯命是从，自然易养出暴戾乖张之徒。周围的人手脚不停，操心不止，孩子手到擒来，端的惯成特号懒包。爹妈若一觉睡到日头红，孩子必得自我张罗早饭，无意中造就一个勤快人。所以除了正面的培养，有时候，不妨利用悖论。

你想得到一个勇敢的孩子吗？月夜里，虽然他年纪幼小，体质孱弱，也让他横刀跃马地走在黑暗中，给你带路。

你想得到一个慷慨的孩子吗？无论你多么富有，不要平白无故给他金钱。每一分硬币必须让他用汗水兑换，然后不问那钱的去处，给他以完全的支配权。

你想得到一个洁净的孩子吗？看到他肮脏时，千万不要帮他洗涤，坚决袖起你的手，由他污浊下去。直到他自己忍无可忍，动手改变这局面。在新与旧的对比中，觉悟到洁净是一种舒适的状态和文明的美德。

你想得到一个智慧的孩子吗？当他遇到难题请教你的时候，除了给他一本书，什么都不要讲。坚决管住你的嘴巴，这是百发百中的诀窍！在几番艰苦的摸索之后，他自然在失败与挫折里聪明起来了。

你想得到一个独立自主的孩子吗？当他求助的时候，狠下心来，置若罔闻地看他哭泣和摸索。千万记得要装傻。不但要装得像，如果你有余力，最好再给他捣捣乱。孩子便会牢牢记住，世上最重要的事是依靠自己。

你想得到一个善于倾听、虚怀若谷、友好待人的孩子吗？当孩子兴致勃勃讲话的时候，可以毫不留情地把他打断，嘲笑他，然后走开，留他坐在那里孤独地发呆。如是者三，只要他不是一个过分麻木和愚钝的孩子，汲取了反面教训，就能学会宽容与共享快乐。

你想得到一个不推诿责任，不惊慌失措，在困境中依然沉着坚定，心理健康的现代人雏形吗？当他跌倒时，不要代他埋怨路的不平，不要伸出搀扶的手，甚至在他伤口流血的时候，也让他自我包扎。坚持冷静地作壁上观，孩子便会在困境中顽强地爬起来，艰难昂扬地成长。

还可以举出很多看似生冷而盎然的手段。这也是一个悖论。谁又能说这里不溶解着父母更深的养育之爱和良苦的锻造用心呢？

青虫之爱

我有一位闺中好友，从小怕虫子，不论什么品种的虫子都怕。披着蓑衣般茸毛的洋辣子，不害羞地裸着体的吊死鬼，一视同仁地怕。甚至连雨后的蚯蚓，也怕。放学的时候，如果恰好刚停了小雨，她就会闭了眼睛，让我牵着她的手，慢慢地在黑镜似的柏油路上走。我说，迈大步！她就乖乖地跨出很远，几乎成了体操动作上的“劈叉”，以成功地躲避正蜿蜒于马路上的软体动物。在这种瞬间，我可以感受到她的手指如青蛙腿般弹着，不但冰凉，还有密集的颤抖。

大家不止一次地想法治她这心病，那么大的人了，看到一个小小毛虫，哭天抢地的，多丢人啊！早春天儿，男生把飘落的杨花坠，偷偷地夹在她的书页里。待她走进教室，我们都屏气等着那心惊肉跳的一喊，不料什么声响也未曾听到。她翻开书，眼皮一翻，身子一软，就悄无声息地瘫倒在桌子底下了。

从此，再不敢锻炼她。

许多年过去，各自都成了家，有了孩子。一天，她到我家中做客，我下厨，她在一旁帮忙。我择青椒的时候，突然从蒂旁钻出一条青虫，胖如蚕豆，背上还长着簇簇黑刺，好一条险恶的虫子。因为事出意外，怕那虫蜇人，我下意识地将半个柿子椒像着了火的手榴弹扔出老远。

待柿子椒停止了滚动，我用杀虫剂将那虫子扑死，才想起酷怕虫的女友。心想，刚才她一直目不转睛地和我聊着天，这虫子一定是入了她的眼，未曾听到她惊呼，该不是吓得晕厥过去了吧？

回头寻她，只见她神态自若地看着我，淡淡地说，一个小虫，何必如此慌张？

我比刚才看到虫子还愕然地说，啊，你居然不怕虫子了？吃了什么抗过敏药？

女友苦笑说，怕还是怕啊。只是我已经能练得面不改色，一般人绝看不出破绽。刚开始的时候，我就盯着一条蚯蚓看，因为我知道它是益虫，感情上接受起来比较顺畅。再说，蚯蚓是绝对不会咬人的，安全性能较好……这样慢慢举一反三；现在我无论看到有毛没毛的虫子，都可以把惊恐压制在喉咙里。

我说，为了一个小虫子，下这么大的功夫，真有你的。值得吗？

女友很认真地说，值得啊。你知道我为什么怕虫子吗？

我撇撇嘴说，我又不是你妈，怎么会知道啊！

女友拍着我的手说，你可算说到点子上了，怕虫就是和我妈有关。我小的时候，是不怕虫子的。有一次妈妈听到我在外面哭，急忙跑出去一看，我的手背又红又肿，旁边两条大花毛虫正在缓缓爬走。我妈知道我叫虫蜇了，赶紧往我手上抹牙膏，那是老百姓止痒解毒的土法。以后，她只要看到我的身旁有虫子，就大喊大叫地吓唬我……一来二去的，我就成了条件反射，看到虫子，灵魂出窍。

后来如何好的呢？我追问。依我的医学知识，知道这是将一个刺激反复强化，最后，女友就成了生理学家巴甫洛夫教授的案例，每次看到虫子，就恢复到童年时代的大恐惧中。世上有形形色色的恐惧症，有的人怕高，有的人怕某种颜色。我曾见过一位女士，怕极了飞机起飞的瞬间，不到万不得已，她是绝不搭乘飞机的。一次实在躲不过，上了飞机。系好安全带后，她骇得脸色煞白，飞机开始滑动，她竟号啕痛哭起来……中国古时的“一朝被蛇咬，十年怕井绳”说的也是这回事。只不过杯弓蛇影的起因，有的人记得，有的人已遗忘在潜意识的晦暗中。在普通人看来是微不足道的小事，对当事人来说，痛苦煎熬，治疗起来十分困难。

女友说，后来有人要给我治，说是用“逐步脱敏”的办法。比如先让我看虫子的画片，然后再隔着玻璃观察虫子，最后直接注视虫子……

原来你是这样被治好的啊！我恍然大悟道。

嗨！我根本就没用这个法子。我可受不了，别说是看虫子的画片了，有一次到饭店吃饭，上了一罐精致的补品。我一揭开盖，看到那漂浮的虫草，当时就把盛汤的小罐摔到地上了……女友抚着胸口，心有余悸地讲着。

我狐疑地看了看自家的垃圾桶，虫尸横陈，难道刚才女友是别人的胆子附体，才如此泰然自若？我说，别卖关子了，快告诉我你是怎样重塑了金身的。

女友说，别着急啊，听我慢慢说。有一天，我抱着女儿上公园，那时她刚刚会讲话。我们在林荫路上走着，突然她说，妈妈……头上……有……她说着，把一缕东西从我的头发上摘下，托在手里，邀功般地给我看。

我定睛一看，魂飞天外，一条五彩斑斓的虫子，在女儿的小手内，显得狰狞万分。

我第一个反应是像以往一样昏倒，但是我倒不下去，因为我抱着我的孩子。如果我倒了，就会摔坏她。我不但不曾昏过去，神志也是从来没有的清醒。

第二个反应是想撕肝裂胆地大叫一声。因为你胆子大，对于在恐惧时惊叫的益处可能体会不深。其实能叫出来极好，可以释放高度的紧张。但我立即想到，万万叫不得。我一喊，就会吓坏了我的孩子。于是我硬是把喷到舌尖的惊叫咽了下去，我猜那时我的脖子一定像吃了鸡蛋的蛇一样，鼓起了一个大包。

现在，一条虫子近在咫尺。我的女儿用手指抚摸着它，好像那是一块冷冷的斑斓宝石。我的脑海迅速地搅动着。如果我害怕，把虫子丢在地上，女儿一定从此种下了虫子可怕的印象。在她的眼中，妈妈是无所不能无所畏惧的，如果有什么东西把妈妈吓成了这个样子，那这东西一定是极其可怕的。

我读过一些有关的书籍，知道当年我的妈妈，正是用这个办法，让我从小对虫子这种幼小的物体，骇之入骨。即便当我长大之后，从理论上知道小小的虫子只要没有毒素，实在值不得大惊小怪，但我的身体不服从我的意志。我的妈妈一方面保护了我，一方面用一种不恰当的方式，把一种新的恐惧，注入我的心里。如果我大叫大喊，那么这根恐惧的链条，还会遗传下去。不行，我要用我的爱，将这铁环砸断。我颤巍巍伸出手，长大之后第一次把一只活的虫子，放在手心，翻过来掉过去地观赏着那只虫子，还假装很开心地咧着嘴，因为——女儿正目不转睛地看着我呢！

虫子的体温，比我的手指要高得多，它的皮肤有鳞片，鳞片中有湿润的滑液一丝丝渗出，头顶的茸毛在向不同的方向摆动着，比针尖还小的眼珠机警怯懦……

女友说着，我在一旁听得毛骨悚然。只有一个对虫子高度敏感的人，才能有如此令人震惊的描述。

女友继续说，那一刻，真比百年还难熬。女儿清澈无瑕的目光笼罩着我，在她面前，我是一个神。我不能有丝毫的退缩，我不能把我病态的恐惧传给她……

不知过了多久，我把虫子轻轻地放在了地上。我对女儿说，这是虫子。虫子没什么可怕的。有的虫子有毒，你别用手去摸。不过，大多数虫子是可以摸的……

那只虫子，就在地上慢慢地爬远了。女儿还对它扬扬小手，说：“拜拜……”

我抱起女儿，半天一步都没有走动。衣服早已被黏黏的汗水浸湿。

女友说完，好久好久，厨房里寂静无声。我说，原来你的药，是你的女儿给你的啊！

女友纠正道，我的药，是我给我自己的，那就是对女儿的爱。

优点零

一位做儿童心理研究的朋友告诉我，他发给孩子们一张表，让每人填写自己的优缺点和美好的愿望。孩子们很认真地填好了，把表交上来。他一看，登时傻了眼。

很多孩子填的是：优点——零；愿望——零。

我对世上是否存在没有优点的成人，不敢妄说，但我确知世上绝无没有优点的孩子。我或许相信世上有丧失愿望的老人，但我无法想象没有愿望的孩子，将有怎样枯萎的眼神。

不知道愿望和优点，这两样对人激励重大的要素，假若排出丧失的顺序，该孰先孰后？是因为丧失了愿望，百无聊赖，才随之沉没，成为没有优点的少年？还是一个孩子首先被剥夺了所有的优点，心如死灰，之后再也不敢奢谈一丝愿望？也许它们如同绞缠在一起的铅丝，分不出谁更冰冷僵硬？

没有愿望，必是一个死寂的世界。孩子不再期望黎明，因为每一天都被功课塞满，晴天看不到太阳，阴天闻不到雪花，日出日落又有何不同？不再留意鲜花，因为世界一片苍白，眼中暗淡了温暖的色彩；不再珍视夜晚，因为厚重的眼镜遮挡了星光，即使抬头也是泪眼蒙眬；不再盼望得到师长的嘉奖，因为那不过是成人层层加码的裹了蜜糖的手段……

没有优点的孩子，内心该怎样痛楚地喘息？见过一个胖胖的男孩，当幼儿园老师第一次问：谁觉得自己是个美男子？他忙不迭地从最后一排挤到前面，表示自己属于其中一员。可惜他紧赶慢赶，动作还是晚了一点，另有好几个男孩抢在前面，在老师面前排成自豪的一排。没想到老师伶牙俐齿地向他们说，还真有你们这么不知天高地厚的，竟觉得自己是美男子，臊不臊啊？后来，那几个男孩子，开始为自己的容貌羞涩，无法像以前那样快活。

这是一个简单的例子，但也可说明一点问题。每一个渐渐长大的孩子，如果成人爱他，他也会认为自己是可爱的。他会感觉到自己是天地间的一个宝贝，他的生命的存在就是一个大优点。假若成人粗暴地打击他、奚落他、嘲讽他、鞭挞他，那脆弱的小生灵，就会被利剪截断双翅，从此萎靡下来，或许跌落尘埃一蹶不振。

看不到自身优点的人，必也看不到他人的优点。他们的谦恭，可能是高度自卑下的懦弱；他们的服从，可能掩饰着深刻的妒忌和反叛；他们的忍让，可能埋藏着刻骨的怨恨；他们的赞美，可能表里不一信口雌黄……

我以为愿望是人生强大的动力之一，假若人类丧失了愿望，世界就在那一瞬停止了前进的引擎。因为有跑的愿望，人们有了汽车；因为有说话的愿望，人们有了电话；因为有飞的愿望，人们有了卫星；因为有传递和交换的愿望，人们有了互联网……

优点和愿望，是孩子们的双腿。希望有一天看到他们填写的表格上这样写着——优点多多，愿望无限。

暴雨筛

南方的女友讲过这样一个故事——

我35岁的时候，考上了一所夜大学。每天下班后，要穿越五条街道去读书。一天傍晚，台风突然来了，暴雨像牛仔的皮带一样宽，翻卷着抽打天地。老师还会不会上课呢？我拿不准。那时，电话还不普及，打探不到确实的消息。考虑了片刻，我穿上雨衣，又撑开一把伞，双重保险，冲出屋门。风雨中，伞立刻被劈开，成了几块碎布。雨衣阴险地背叛了我，鼓胀如帆，拼命要裹挟我去云中。我只有扔了雨衣，连滚带爬。渺无人迹的城市中，我惊惶地想到，是不是只有我一个人这样傻？也许今天根本就不上课。

我迟疑了片刻，但咬紧牙，继续向前。好不容易到了学校，贴身的衣服已像海带一般冷硬，牙齿像上了发条似的打战。没想到看门的老人说，从老师到学生，除了你，没有一个人来！

那一瞬，我非常绝望。不单是极端的辛苦化为泡沫，更有无穷的委屈和沮丧。

老人看我失魂落魄的样子，让我进他的小屋歇口气。喝着他沏的热茶，我心灰意懒。伴着窗外瀑布般的水龙，老人缓缓地说，你以后会有大出息。我说，我是一个大傻瓜啊！

他说，所有学生里，只有你一个人来上学了。看，暴雨是一个筛子。胆小的，思前想后的，都被它筛了下去，留下了最有胆量和最不怕吃苦的人。

那一瞬，好似空中打了一个闪电，我的心被照得雪亮。也许我不是三千学生当中最聪明的，但今晚的暴雨，让我知道了，我是三千学生中最有胆量和毅力的人。

从那以后，我就多了自信。你晓得，天地万物都会齐来帮助一个自信的人。所以，我就一步步地有了今天的成功。

我说，那位老人，是你人生最重要的导师之一啊！

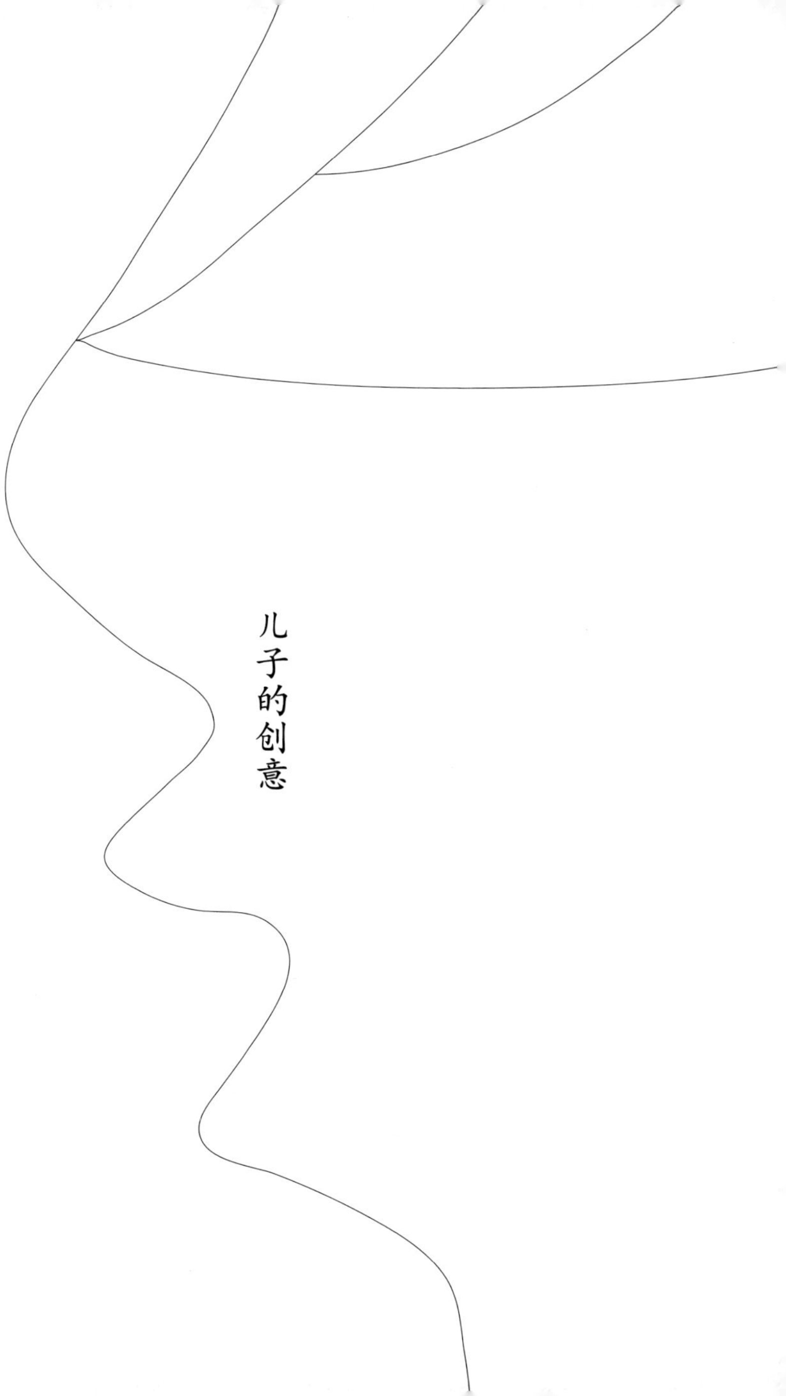

儿子的创意

儿子在家里乱翻我的杂志，突然说：“我准备到日本旅游一次。”因为他经常异想天开，我置之不理。

他说：“咦，你为什么不表态？难道不觉得我很勇敢吗？”

我说：“是啊是啊，很勇敢。可世上有些事并不单是勇敢就够用。比如这件事吧，还得有钱。”

他很郑重地说：“这上面写着，举办一个有关宗教博物馆建筑的创意征文比赛。金牌获得者，免费到日本观光旅游。”说着，把一本海外刊物递给我。

我看也不看地说：“关于宗教，你懂得多少？关于建筑，你懂得多少？金牌银牌历来都只有一块，多么激烈的争夺。你还是好好做功课吧。”

他毫不气馁地说：“可是我有创意啊，比如这个博物馆里可以点燃藏香，给人一种浓郁的宗教气氛；比如这个博物馆里可以卖斋饭，让参观的人色香味立体地感受宗教；比如这个博物馆里可以播放佛教音乐，您从少林寺带回的药师菩萨曲，听的时候就让人感到很宁静；比如……”

我打断他说：“别比如了，像你这样布置起来，我想起了旧社会的天桥。人家征的是建筑创意，要像悉尼的贝壳状大歌剧院，有独特的风格。我记得你小时候连积木都搭不好，还侈谈什么建筑！”

十几岁的儿子好脾气，不理睬我的挖苦。自语道：“在地面挖一个巨大的深坑，就要100米吧，然后把这个博物馆盖在底下……”

我说：“噢，那不成了地下宫殿？”

儿子不理我，遐想着说：“博物馆和大地粗糙的岩石泥土间要留有空隙，再用透明的建筑材料砌成外墙，这样参观的人们时时刻刻会感到土地的存在，产生一种神秘感。从底下向阳光明媚的地面攀升，会有人的自豪感。地面部分设计成螺旋状的飞梯，象征着人类将向宇宙探索……”他在空中比画了一个上大下小的图形。

我不客气地打断他：“挖到地下那么深的地方，会有矿泉水涌出来，积成一个火山口样的湖泊。你想过没有？再说，什么样的建筑材料，可以长久地保持你所要求的透明度？还有，你设计的飞梯，空中的螺旋状，多么危险！反正我是不敢上这种喇叭形梯子的。还有……”

儿子摆摆手说：“妈妈，您说的问题都是问题。不过那是工程师们需要解决的问题，不关我的创意。妈妈，您知道什么是创意吗？那就是最富于创造性的意见啊。”

我叹了一口气说：“好了，随你瞎想好了。不过我要提醒你一句，对于一个学生来说，我以为最好的创意莫过于一个好成绩了。”

儿子在电脑上完成了他的创意。付邮之前，我说：“可以让我看看你的完成稿吗？”

他翻了我一眼说：“您是评委吗？”

我只好一笑了之。

很长时间过去了，在我们几乎将这事淡忘的时候，儿子收到了一个写着他的名字并称他为“先生”的大信封。

他看了一眼地址，是那家征文发起部门寄来的。儿子对我说：“妈妈，猜猜信封里有什么？”

我说：“一封感谢信——所有的投稿者都会得到的回答。”

儿子说：“我猜是一张飞往东京的机票。”

我们拆开信，里面是一张请柬，邀请儿子到海外参加发奖仪式。

儿子苦恼地说：“现在赶去也来不及了，再说他们也没说清我是不是获奖者。”

我说：“还不死心啊？邀请你参加发奖，已是天大的面子。我想，这同我们这儿的电视剧友情出演一样，烘托气氛，以壮声威，是助兴之举。”

儿子思忖着说：“妈，您说这发奖会不会像奥斯卡奖一样，给所有可能获奖的人都发请柬，到时候再突然宣布谁是真正的得主？”

我说：“一个建筑奖恐怕不会像电影奖那样张扬。别想那么多了，重要的在于你已参与。”

儿子皱起眉毛说：“参与固然重要，得奖也很重要。”

我说：“对于你，现在最重要的是做作业。”

当我们把这件事完全忘记的时候，接到了征文举办部门的第二封信。信中说，我的儿子没能去参加那天隆重的发奖仪式，他们深感遗憾。儿子得了创意银牌奖，奖牌及奖金他们设法转来。

儿子放学回来，还没摘书包，我就把信给了他。

他看了一眼，然后淡淡地说：“银牌啊？我想我是该得金牌的。一定是他们觉得我年岁小，一个人到日本去不方便，商量了一下就说，算了，给他个银牌吧。”

我瞠目结舌。停了一会儿才问他：“你为什么这么想到日本去呢？”

他立时来了精神，兴致勃勃地说：“日本的游戏机最好玩了，我去了就可以买一台回来玩啊！”

心理学教授的弟子

一位心理学教授，在录取报考她的研究生时，勾掉了得分最高的学生，取了分数略低的第二名。有人问，你是不是徇私舞弊或是屈服于什么压力，才舍高就低？

她说，否。我在进行一项心理追踪研究，或者说是吸取教训。

她是德高望重的学者，在专业范畴内颇有建树。别人一定要她讲讲录取标准。她缓缓地说，我已经招了多年的研究生，好像一个古老的匠人。我希望我所热爱的学科，在我的学生手里发扬光大。老一辈毕竟要逝去，他们是渐渐黯淡下去的苍蓝。新的一辈一定要兴旺，他们是渐渐苏醒过来的嫩青。但选择什么样的接班人呢？我以前总是挑选那些得分最高、看起来兢兢业业、学习刻苦、埋头苦干、像鸡啄米一样片刻不闲的学生，我想，唯有因为热爱，他们才会如此努力取得优异的成绩，因此，他们应该是最好的。我在私下里称他们为“苦大仇深型”的学生。

许多年过去了，我有从容的时间，以目为尺，注视他们的脚步，考察他们的历史，以检验当年决定的命中率。

我发现自己错了。在未来的发展中最生龙活虎、最富有潜质并且宠辱不惊成为真正学科才俊的是那样一种人——他们表面上像狮子一样悠闲，甚至有点漫不经心和懒散。小的成绩并不能鼓励他们，反而让他们藐视般地淡漠。对于导师的指导和批评，往往是矜持而有保留地接受，使得他们看起来不很虚心，多少有些落落寡合，经常得不到众口一词的称赞。失败的时候难得气馁灰心，几乎不需要鼓励。辉煌的时候也显不出异样的高兴，仿佛对成就有天然的免疫力。他们的面部表情总是充满孩子般的好奇，洋溢着一种快乐，我称之为“欢喜型”。

苦大仇深型的学习者，主要是为了改善自己的生存状态，追求科学知识给自身带来的优裕与好处。一旦达到目的，对于科学本身的挚爱就渐渐蒸发，代之以新的更敏捷的优化生存状态的努力了。作为一种生活方式的选择，自然无可厚非，但作为学业继承者，则不是最好的人选。

欢喜型的学习者，也许一开始他们走得不快，脚力也并不显出格外的矫健，但心中的爱好，犹如不断喷发的天然气，始终燃烧着熊熊的火焰，风暴无法将它吹熄。在火光的引导下，欢喜型的人们边玩边走，兴趣盎然地不断攀登，绝不会因路边暂时的风景而停下脚步，直到高远的天际。

心理学教授说，几乎世上所有的事，都可以划分成“苦大仇深型”和“欢喜型”。比如读书，若是为了一个急切的目的而读，待事过境迁，就会与书形同路人。如果真是爱好喜欢，就会永远将书安放枕边，梦中与书相会。

佑护灾难中的孩子

朋友给我讲过这样一个故事。

一位年轻的母亲，抱着三岁的女儿，乘坐长途汽车。旷野的高速公路上突然起了浓雾，气团包抄过来，好像牛奶翻滚。司机就把车靠在紧急停车带，耐心等待。过了许久，雾渐渐薄些，为了赶时间，司机就上路了。雾大，管理站封锁了高速公路，路面上几乎没有一辆车。司机就很放心地加快了速度。惨案就在此时发生。当司机发现前面有一辆货车抛锚时，尽管把刹车全力踩死，客车车头还是拱入了货车车厢。

货车上满载着的钢筋，在客车巨大的惯性之下，化成锋利的长矛，将客车前三排座位齐刷刷戳透，无数鲜血喷溅而出……

那位抱着孩子的母亲，当场死了。也许是生命的本能，也许是冥冥中的神灵指点，总之在那电光石火的恐怖刹那，母亲把女儿猛地往下一压，一根钢筋擦着小姑娘的头皮刺了过去，小女孩连一根头发都没有伤着。

客车停住了，后排座位上幸免于难的人们，在庆幸自己命大的同时，竭力抢救着前排的乘客。

听人说，那三岁的小姑娘，爬起来仔细地看了看自己的母亲，对别人说的第一句话是——我妈妈流了这么多的血，她死了。

她默默地看着人们翻动着妈妈的尸体，过了一会儿，当人们放弃抢救的希望，抱起孩子时，听到她清清楚楚地说的第二句话是——我妈妈死了之后，我不要后妈。

给我转述这个悲剧的朋友发着感慨：你看看如今的孩子，真是小精灵！当时就知道她妈妈死了，也不哭。然后马上就想到了后妈的事，心眼儿可真多啊！都是看电视学来的。大伙儿听说了，都不信这么大的孩子就这么能琢磨。有的人不信，后来见了面就当场试验。问那孩子，你知道发生了什么事吗？

我说，那孩子是怎么回答的呢？

朋友说，还真像别人学的那样，你一问，那小姑娘就说，我妈流了好多好多血……一下子就死了……我听见头顶上轰的一声……我不要后妈……

我说，后来呢？

后来问的人太多了，小姑娘好像觉出了什么，就不说了。什么都不说，充满仇恨地看着你。

我说，事件怎么处理的？

朋友说，客车和货车打官司，都说对方的责任大。死者家属不让火化尸体，人就一直在冰柜里冻着。为了催促事情的解决，死者家属联名上访，拖家带口地集体告状……

我焦虑地问，在大家做这些事的时候，那个小姑娘在哪儿呢？

朋友说，她在哪儿？她还能在哪儿？当然是跟着她爸爸了。大伙儿说什么，她就听着呗。上访的时候，大伙儿教她跟领导说，要是不赔我们家钱，就不把我妈妈从冰柜里拉出来。

我说，小姑娘说了吗？

朋友说，她说了啊。她的爸爸、姥姥、姥爷、爷爷、奶奶都让她这么说，她哪能不说啊。你还别说，这孩子一出动，哀兵动人，就是管事。领导当时就批了——从厚抚恤。家里人领了一笔钱，后事就办了。

我说，后来呢？

朋友说，还有什么后来？后来就一切都结束了呗！该上班的上班，该上学的上学，各就各位。

我说，那个小姑娘呢？

朋友说，不知道，可能一切都好吧。

我的心，被搅得深深不宁。直觉告诉我，绝不是一切都好！在那个女孩身上，发生了巨大的断裂和混乱。

我相信那个聪慧过人的小姑娘，会对她三岁时经历的这一惨案，留下刻骨铭心的记忆。

也许她会遗忘，忘得一干二净。从此，不记得那喷溅流淌的滚烫鲜血，那呼啸而过的恐怖之声，那骨肉横飞的悲惨场面，那被人传授的鹦鹉学舌……这些悲怆的恐惧和无与伦比的失落，被人体的本能的保护机制，不由分说地压入了混沌的潜意识。一片空白。因为这种猛烈的负面刺激，业已远远超过了一个幼童的心灵所能承载的负荷。然而，空白之下，依然汩汩地流淌着不息的血流。未经妥善处理的哀痛，绝不会无声无息地消解。它们潜伏在我们心灵的最底层，腐蚀着风化着灵魂的基石，日日夜夜睁着一只怪眼，折磨得我们永无安宁。

也许她什么都记得，但她什么都不说。对一个孩子来说，顿失母爱，是多么严酷陡峭的跌落！没有人能够替代母亲温暖的怀抱，没有人能够补起塌陷的太阳。孩子的世界，在这一瞬永远地变了颜色！从此，她沉默寡言，自卑自弃或是自怜自恋，她怨天尤人，不能从容接受别人的爱，也不能慷慨施与他人以爱，乖戾暴躁喜怒无常……世上游荡着一个冷漠孤寂的独影，到处洒下点点凄苦的清泪或是——永不流泪。

当然，事情也许会有另外的可能性，但我不敢盲目乐观。上述的发展趋势，并非危言耸听。我们曾在无数成人的心理障碍中，看到幼年不幸的浓重阴影。

天灾人祸之中，谁是最痛楚的受难者？是失去丈夫的妻子，还是失去妻子的丈夫？是失去子女的父母，还是失去父母的子女？

这样的比较，也许最终是无法完成的，旋涡中的每一个人都椎心泣血。但我还是要说，那个三岁的女孩，是最最需要佑护的人啊！

因为她稚弱，因为她敏感，因为她聪慧，因为她是惨案的最近目击者，因为她的心灵是一朵刚刚孕育的蓓蕾。

也许她的身上没有血痕，但我知道，她的心被洞穿；也许她的神经没有折断，但我知道，她的大脑激烈震荡；也许她的视力依然完整，但我知道，她的眼前出现了拂不去的昏暗；也许她的呼吸并不困难，但我知道，她的灵魂一次次地窒息……

我由此呼吁，在一切灾难的现场，我们不但要在第一时间，全力救助孩子身体上的创伤，而且要最大限度地保护他们稚嫩的心灵。尽快地将他们从恐怖的现场抱离，给他们以温暖的安全的庇护。不要诱发他们对悲惨处境无休止的回忆，不要出于成人的功利目的，将未成年人拉入处理后事的复杂局面。要由训练有素的人员，对突发灾难中的孩子，进行系统的医救和后续的治疗……

我不知那个三岁的女孩，现在何处，我希望她的家人能给予她无尽的关爱。我希望她能从悲怆中站起来，我希望她安宁地享有明媚的人生。

爱的回音壁

现今中年以下的夫妻，几乎都只有一个孩子，关爱之心，大概达到中国有史以来的最高值。家的感情像个苹果，姐妹兄弟多了，就会分成好几瓣。若是千亩一苗，孩子在父母的乾坤里，便独步天下了。

在前所未有的爱意中浸泡的孩子，是否物有所值，感到莫大幸福？我好奇地问过。孩子们撇嘴说，不，没觉着谁爱我们。

我大惊，循循善诱道，你看，妈妈工作那么忙，还要给你洗衣做饭，爸爸在外面挣钱养家，多不容易！他们是多么爱你们啊……

孩子们很漠然地说，那算什么呀？谁让他们当了爸爸妈妈呢？也不能白当啊，他们应该的。我以后做了爸爸妈妈也会这样。这难道就是爱吗？爱也太平常了！

我震住了，一个不懂得爱的孩子，就像不会呼吸的鱼，出了家族的水箱，在干燥的社会上，他不爱人，也不自爱，必将焦渴而死。

可是，你怎么让由你一手哺育长大的孩子，懂得什么是爱呢？从他眼睛接受第一缕光线时，已被无微不至的呵护包绕，早已对关照体贴熟视无睹。生物学上有一条规律，当某种物质过于浓烈时，感觉会迅速迟钝麻痹。

如果把爱定位于关怀，随着孩子年龄的增长，对他的看顾渐次减少，孩子就会抱怨爱的衰减。“爱就是照料”这个简陋的命题，把许多成人和孩子一同领入误区。

寒霜陡降也能使人感悟幸福，比如父母离异或是早逝，但它是灾变的副产品，带着天力人力难违的僵冷。孩子虽然在追忆中明白了什么是被爱，那却是一间正常人家不愿走进的课堂。

孩子降生人间，原应一手承接爱的乳汁，一手播撒爱的甘霖，爱是一本收支平衡的账簿。可惜从一开始，成人就间不容发地倾注了所有爱的储备，劈头盖脸砸下，把孩子的两只手塞得太满了。全是收入，没有支出，爱沉淀着，淤积着，从神奇化为腐朽，反让孩子成了无法感知爱意的精神残疾人。

我又问一群孩子，那你们什么时候感到别人是爱你的呢？

没指望得到像样的回答。一个成人界都争执不休的问题，孩子能懂多少？比如你问一位热恋中的女人，何时感觉被男友所爱？回答一定光怪陆离。

没想到孩子的答案晴朗坚定。

我帮妈妈买醋来着。她看我没打了瓶子，也没洒了醋，就说，闺女能帮妈干活儿了……我特高兴，从那会儿，我知道她是爱我的。翘翘辫女孩说。

我爸下班回来，我给他倒了一杯水，因为我们刚在幼儿园里学了一首歌，词里说的是给妈妈倒水，可我妈还没回来呢，我就先给我爸倒了。我爸只说了一句，好儿子……就流泪了。从那次起，我知道他是爱我的。光头小男孩说。

我给我奶奶耳朵上夹了一朵花，要是别人，她才不让呢，马上就得揪下来。可我插的，她一直戴着，见着人就说，看，这是我孙女打扮我呢……我知道她最爱我了……另一个女孩说。

我大大地惊异了。讶然这些事的碎小和孩子铁的逻辑，更感动他们谈论时的郑重神气和结论的斩钉截铁。爱与被爱高度简化了、统一了。孩子在被他人需要时，感觉到了一个幼小生命的意义。成人注视并强调了这种价值，他们就感悟到深深的爱意。在尝试给予的同时，他们懂得了什么是接受。爱是一面辽阔光滑的回音壁，微小的爱意反复回响着、折射着，变成巨大的轰鸣。当付出的爱被隆重地接受并珍藏时，孩子终于强烈地感觉到被爱的尊贵与神圣。

被太多的爱压得麻木的孩子，腾不出左手的孩子，只得用右手，完成给予和领悟爱的双重任务。

天下的父母，如果你爱孩子，一定让他从力所能及的时候，开始爱你和周围的人。这绝非成人的自私，而是为孩子一世着想的远见。不要抱怨孩子天生无爱，爱与被爱是铁杵成针、百年树人的本领，就像走路一样，需反复练习，才会举步如飞。

如果把孩子在无边无际的爱里泡得口眼翻白，早早剥夺了他感知爱的能力，育出一个爱的低能儿，即使不算弥天大错，也是成人权力的滥施，或许要遭天谴的。

在爱中领略被爱，会有加倍的收成。孩子渐渐长大，一个爱自己爱世界爱人类也爱自然的青年，便喷薄欲出了。

每天9点50

我在伏案敲击电脑，汉字像一串串成熟的果子，噼噼啪啪溅落在屏幕上。突然一个近在咫尺的喊叫声从斜刺里砸过来：你得注意啦！你！还看什么看！说的就是你……

我吓得一哆嗦，手指按在电键上抬不起来。恰好那是叹号，于是一排小炸弹降落在散文优美的风景里。

抬头看壁钟，正是9点50分整。

非常准时。只要不是星期天，每天上午的这个时辰，我都要被这个男子惊天动地的呼喊，吓得头皮乍起。

他全然不顾他人的愤慨，继续我行我素地说着："好啦，甭往底下出溜，我都看见你啦……"

什么也写不成了。我只得站起身，恼怒地走到后凉台，去看制造这噪音的元凶。

我家的后面正对着一所中学校。一块在乡下绝算不上宽敞，但在城里却十分稀罕的操场，此刻被五颜六色的孩子占据着。说他们五颜六色是因为都穿着运动服，每个班级的色泽都不一样。这样从我所在的四楼鸟瞰下去，就像一盘巨大而排列有序的跳棋。

那个发出震耳吼声的男子，也穿着同孩子们一式的运动衣，站在远处的高台上。因为远，我从来没有看清过他的长相，只见到花白的头发在一片黑发之上浮动，配着艳丽的服装，有一种轻微的滑稽。

“好。现在我们准备好，开始做第七套广播体操。第一节，伸展运动。一二三四，五六七八……”

他高声吟哦着那些枯燥的数字，抑扬顿挫，居然很有兴致。孩子们的方阵随着他的口令波浪般地起伏着，好像一群规矩的木偶。

我只好死心塌地地离了写字台，在凉台上抱着双肩耐心地等待这位老师把数字堆积到完结。

“后面那个男同学，你站直喽！这点儿冷算什么，缩着脖子像个老头儿，哪像个年轻人的样子？挺起胸膛来！”

他在远方的高台上向着我这个方向呼唤。

我俯下身去，果然看到一个靠墙根的男孩把陷在领子里的脖子梗了起来。随后我惊奇地发现，这一片十几个孩子都把胸膛挺了挺，恍惚之间，好像他们都长高了一寸。

“那边有一个同学做操不使劲，我不点你的名字，给你留着面子呢！”

他朝另一个方向责怪着。

于是那边的孩子做得分外卖力，一招一式仿佛要同人打架似的。

我暗暗觉得好笑，觉得这是成人的伎俩，敲山震虎，只能骗小孩子。他绝没有这么好的眼力，能在成百上千的孩童里察到拱手缩颈之人。但这一招很灵，所有的孩子都为之一振，觉着老师的眼光紧紧盯着自己，整个做操的方阵好像被绳子煞了几道，紧绷绷地振作起来。

正规做操过程持续约10分钟。隔着凉台的玻璃，我感觉到寒意像水一般漫进骨缝。他的声音像蓝花瓷碗，敞亮粗糙。低音区好像用油浸过，悠长地传出很远，由不得你不听。

每天我都要等到那个烟囱般的大嗓门熄灭了才能继续工作。他似乎有一种叫嚷欲，经过电声喇叭的扩充，弥漫所有空间。

这样一天天地习惯下去，我居然会在每天的9点49分就惶惶不安，然后下意识地停下手来，莫名其妙地等待着。

直到那个声音如约响起，才像自己完成了一件什么事似的，安宁下来。

天天听，也听出了一些门道。体育老师有时候会感冒，锋利的话语中夹杂着艰难的咳嗽。有时候他的背会佝偻，使我看不见他的白发，只听见他的声音在飘荡。有时候他的语调焦躁，但口令的韵律依旧有板有眼，天真的孩子觉察不出异样。有时候他的底气不足，透着睡眠不良饮食不周的疲惫。但只要“一二三四”一喊起来，他就像给自己加了油，声调越来越苍劲有力。

每天看别人操练，终于有一天，我也试着随老师的口令做起了操。这才发现，关节已那样僵硬，手脚已那样笨拙。不由自主地想偷懒，弯腰的时候像日本人鞠躬，身子伏下去，腰板还平平地绷着劲。

“你那腰里绑着棍吗？为什么不弯下去？看什么看？说你呢！”我突然听到一声断喝，那喑哑的声音带着不可抗拒的威严，把我的腰按了下去。

我自然知道他不是在说我，还是猛吸了一口凉气，再不敢偷工减料。踏踏实实地做完操，只觉得全身舒畅。

从此天天随着体育老师的口令做操，已成习惯。

终于有一天，当我停下笔，在9点50分的时候，走到凉台。那个粗粝的声音不见了，代之以轻松亲切的录音广播，那女声柔美得如同泡泡糖。

我一惊，急忙把眼睛凑近后窗。在嗅到凛冽清气的同时，我看到体育老师平日站立的平台，今天空空荡荡。

他到哪里去了？

那一日，我没有做操。俯瞰下面的孩子，也像失了水的青菜，蔫成一团。

我们已经共同习惯了那份严厉，那份粗率，那种含沙射影的批评，那种嬉笑怒骂的爱护……

今天都没有了，消失在北国隆冬苍白的阳光里。

他怎么啦？生病了吗？调走了吗？退休了吗？是否再无音讯？

我看着壁钟，从9点50分滑到10点、11点……往日流畅的文字，竟无端地写不下去了。

以后的日子，每天都是那个甜美的录音指挥孩子们做操，伴以悠扬的乐曲。

我自然知道这是一种进步，机械化大生产代替了人工的大嗓门。口令再不会突兀响起，前面的序曲令人心旷神怡。我有的时候会觉察不到已经到了做操的时间，不再惊讶地停笔，长期的条件反射很快淡化。

我不再被打扰，我也不再做操。任凭关节僵硬，任凭手脚笨拙。有时俯身下望，觉得操场上的孩子们也较前懈怠得多了。

我有时很想拦住那所学校的某位老师，问问那个喊操的老师到哪里去了？又怕人家问我，你问他做什么呢？难道我要说，我天天在家里随着他的口令做操吗？

上午有时写着写着，会突然警觉地停下笔，像整装待发的火车头一样，仿佛要一跃而起。心想，有一件事是一定要做的，却又怔怔地想不起是什么事。怅然之中，猛一抬头，看到壁上的钟，定定地指到了9点50分。

大概还需好久，这个毛病才可全改过来。

孩子，请闭眼

从抱着儿子看电视的时候起，一遇到认为不宜孩子看的镜头，我就大叫一声：孩子，闭眼！

他就乖乖地闭了眼，黑黑密密的睫毛像蚌壳一般合拢。等到我如释重负地说，好啦，过去啦！他才吧嗒一声把睫毛打开。

为了这一份责任和信任，我看电视的时候就很紧张。要急速地跟踪剧情，准确地预报在什么情形下出现“少儿不宜”。

预报得晚了，那如火如荼的场面猝不及防而来，污了孩子的瞳孔，做母亲的心中就内疚失职。

预报得早了，孩子枉闭了多半晌眼睛，并无什么暧昧的镜头。徒然使剧情中断，还得把孩子从冬眠状态唤回来，把断了的茬口讲给他听。

预报得少了，先生在一旁发议论，说此类界限还是宜严不宜宽，宜紧不宜松。

预报得多了，随着孩子的长大，他也不满。说有什么大惊小怪的，不就是拥抱吗？大街上有的是，也不能天天在马路上闭眼啊！

于是觉得妈妈真难当。

电视机是家庭的“闯入者”，你不知道它将在什么时候，露出什么嘴脸，说出什么话。它把许多你不明底细的人编造的故事，毫无先兆地塞给你。好像一个厨师，蒙了你的眼，不由分说灌给你一碗汤。倘是个成人，你觉得辣，可以呕吐；你觉得苦，可以咬紧牙关。可若是个孩子，待你觉出味不对时，他已经叽里咕噜咽下肚。

你说怎么办？

而且那类镜头的出现，越来越神出鬼没，时时没有前奏没有酝酿地从天而降，让你防不胜防堵不胜堵。

思绪疲惫之余，想起大禹治水。与其同步跟踪，不如设法疏导。记得一本心理学书上说，若是电视上映出男女过于亲近的画面时，当妈妈的不要惊恐万状，那样会更引起孩子的关注。而应该从容镇定地说，这个叔叔和阿姨这样随便接触是不好的。

我谨记书上的教诲，依样实践了一次。除了本人声音可能不够冷静以外，我以为自己的表现基本符合规定。我注意观察孩子，他好像也没有什么明显的异常。于是我心中窃喜，想这法子还行。

在以后的一段日子里，我叫“孩子，闭眼”的次数显著减少，说“这个叔叔和这个阿姨这样随便是不好的”频率显著增加。

终于有一天，我刚张嘴说“这个叔叔和……”，孩子就说，你老说人家不好不好的，不好，为什么电视里还老演？不好，他们为什么还那么高兴？

我瞠目结舌。

于是，一切回归老样。看电视时我目不转睛地盯着荧屏，利用自己所有的艺术思维，分析判断将要出现的场面。包括熟悉时下流行的噱头方式，以防它在最出乎意料的地方突然袭击。

经过这一番努力，我发出“孩子，请闭眼”警报的命中率越来越高了。

孩子在我的叫声中渐渐长大。终于有一天他对我说，妈妈，你这么一天到晚地喊闭眼闭眼的，累不累呀？

我严肃地回答说，累呀！

他说，那你就不要喊了好不好？其实你不在家的时候，我一个人看电视，不可能一会儿睁着眼睛一会儿闭着眼睛。

我说，我知道。

他说，那你何必还要辛辛苦苦不停地喊？

我说，就因为我是你的妈妈。电视里那样演，表达的是他们的看法。我要告诉你的，是我对这件事的看法。

人世间最美好的感情，不是那样放肆和赤裸的。

他似懂非懂，用商量的口气说，那你也可以换一种喊法啊，老说“闭眼”，口吻是不是显得太幼稚了？

我苦笑着点点头，说，你说得对。可是你知不知道，我从你很小的时候就这样喊，一时半会儿改不过来。况且，你说改成什么口气好？

他想了半天，也没想出来。

于是，我们家的夜晚，还是常常发出“孩子，请闭眼”的呼唤。

被老师读作文的时候

我小的时候，作文很好，主要是我爱写得与众不同。比如说老师出了个作文题，叫“一次谈话”。一般的同学写的都是自己做了一件错事，被爸爸妈妈或是其他的长辈批评了一顿，于是铭记在心等等；也有写同学之间闹了点儿小误会，一谈心就和解了的。这两种写法我都想到了，可我想写一次更奇妙的谈话。想啊想啊，我就设想通过电话同一位非洲的黑人小朋友谈话，谈他们的苦日子和我们的幸福生活。其实这个想法有很不合理的成分在内，一个当奴隶的黑孩子怎么会有电话呢？但当时是小学生的我，可想不到这么多，只顾按照自己的想象写下去。

我们的语文老师是山东大学中文系毕业的，对我这些有漏洞也有一点儿新意的小作文，给了很好的评语。王老师不止一次给我的作文批过“5+”的分数，还经常在课堂上读我的作文。

被老师读作文的时候，心情像一颗怪味豆。最初当然是甜的了，哪个学生不愿意受到老师的夸奖？可慢慢地，咸味和涩味就涌上了心头。

首先是我觉得自己写得很不好，应该写得更好一些。特别是老师那些表扬的话，仿佛椅子上堆满了图钉，叫人不敢坐踏实。

最主要的是下课以后，同学们的神气怪怪的：“哦——哦——老师又用时传祥淘粪的勺子刳（夸）毕淑敏啦！”那时候我们刚学过一篇淘粪工人的课文，在北方话里，“刳”与“夸”同音。全班同学好像结成了孤立我的统一战线，跳皮筋，两边都不要我。要知道平日里，因为我个子高，跳得又好，大伙都抢着跟我一拨呢！我和谁说话，她都会装作没听见扭身走开，然后故意跟别的人大声说笑，一块儿边说边看着我。

在我幼小的心里，第一次懂得了什么叫孤独，什么叫嫉妒。

这样的日子一般持续两三天，就会过去了。一来是孩子们毕竟小，容易健忘。二来我那时是大队长，人缘儿挺好，大伙儿有事都爱找我。

作文每两周讲评一次，我便要经受一次精神的炼狱。

怎么办呢？

我想到的第一个办法是，从此不要把作文写得那样好。我开始挺随意地写作文，随大溜，平平淡淡。果然，王老师不再念我的范文，同学们也和我相亲相爱。正在我很得意的时候，王老师找我了。“你的作文退步了，是不是骄傲了？”我执犟地保持沉默，不是不愿意告诉老师原因，而是不知道怎么说。假如我说了，老师会在班上把同学们数落一顿（她会的，她的脾气很急躁），那我的处境就更糟了。

我讨厌打小报告、告密的人。

王老师苦口婆心地开导了我半天，虽说不是对症下药，我还是受到了教育。我想，不能这样下去，我不应该用学习赌气。

于是我又开始认认真真地写作文，争取每一篇都写得不同凡响。王老师是满意了，可同学们敌视我的恶性循环又开始了。

就没有一个万全之策了吗？

我小小的脑筋动了又动，我发现同学们并不是讨厌我的作文。老师念它们的时候，大伙儿听得津津有味，不时还发出会意的笑声。同学们只是不喜欢老师反反复复只提一个名字——毕淑敏。

在我年长以后，我知道在心理学上，这种情况叫作“压抑”。同学们为了宣泄自身的情绪，把不满的火焰转移到了我的身上。

我当时自然是不懂这些的。我只觉得自己按老师的要求好好学习，并没有得罪谁，为什么大家伙儿要和我过不去?

要写好作文，又要和大家处好关系，小小的我好累!

我终于想出了一个办法。

在一个冬天的中午，我走进教师办公室。我记得清清楚楚，炉火烧得很旺，炉台上方有飘飘袅袅的热空气在流动，使王老师的身影像在一幅水帘子后面。

心里的话已经憋了很长时间，下午又有作文课，不说不行了。

我小心翼翼地说:“王老师，我最近的作文有进步了吗?”

退回30年，老师的威严比现在要强大得多。我的这个办法非得老师答应才成，因此心里发虚。“噢，你近来写得不错。今天下午我还要读你的作文。”王老师说。

“我有一个小小的请求……”我战战兢兢地说。

“什么事?你说好了。”王老师的眼睛明亮地注视着我。

“我想……您念我的作文的时候……是不是可以……不念我的名字……”我鼓足勇气说完蕴藏心中许久的话。

“为什么？我当了这么多年的老师，还是第一次听到这种要求。你总不能让同学们觉得那是一篇无名氏写的东西吧？”王老师有些不耐烦了。

我知道王老师会这么说的，要说服她可不是一件容易的事。索性一不做二不休，我镇静下来，一板一眼地说：“我觉得您读谁的作文，主要是看文章写得好不好。至于是谁写的，并不重要。不说名字，您让大伙儿讨论的时候，没人拘着面子，反倒更好说意见了。我也好给我自己的作文提不足之处……”

我说的都是实话。只是最重要的理由我没有说，我想为自己求一份心灵的安宁。

“你说的有一些道理。好吧，让我们下午试一试。”王老师沉吟着答应了。

那天下午的情形，一如我小小的心所预料的。同学们充满了好奇，发言比平日热烈得多。下课以后，我和大伙儿快活地跳皮筋。

“嗨！毕淑敏，今天念的范文是你写的吧？”有人问我。

“还能老是她写得好哇？我看今天一准是旁人写的。”有人这样说。

我一概只笑不回答，问得急了，我就说：“我猜像是你写的。”

从此以后，我的作文越写越好，和同学们也能睦邻友好了。

我至今不知道这算是少年人的机智还是一种早熟的狡猾，它养成了我勤奋不已而又淡泊名利的性格。

但长大以后，看到一则名人名言：“走自己的路，让人们说去吧！”我想那是一种更积极更勇敢的生活态度。

只是我小时候，就是听到了这句教导，也未必敢照着去做。因为我太珍视同小朋友们无忧无虑跳皮筋的机会了。

怕见老师

怕见老师。

这念头像暗礁，潜伏于思维的海岸。表面上风平浪静，但若有同学提议去看老师，我必积极附议。同老师相处的聚会，我也谈笑风生。只有在独自面对月夜的时候，我的心灵才像声呐一样，捕捉到它黑黢黢的暗影。

不要以为我曾经是一个坏学生。恰恰相反，在所有做学生的日子里，我都品学优良。

各科老师都曾对我寄予厚望，犹如老农，把他金色的理想，托付给一颗饱满的种子。

毕业了，我辞别他们而去。从此，苍茫的时间和地域，横亘在我们之间。

未知是幻想美丽的翅膀。可以猜测，可以期望，可以用鲜花装饰铺满荆棘的道路，可以把雀翎插在普通家鸡的尾上……

但现实是一把刈割的镰刀，把善良的愿望像韭菜似的一茬茬剪去，残酷地烹煮到糟烂如泥。为人师表的先生们是极懂得这个道理的，因此教我们不要好高骛远，不要一蹴而就……但轮到他们自己，却把无限的希冀，附于弟子的未来。

在老师们目所不及的地方。我经受磨炼，涉过水火，历尽艰辛……我在暗处流着眼泪，我发觉这个世界同老师描述的那个世界如此不同……我把种种苦难同我的朋友交谈，但从不让我的老师们知道。我希望在他们眼中，我永远是那个聪明上进谦逊的女孩，我永远不会哭泣不会退缩不会消匿勇气……

然而人们对于成功的渴望是没有尽头的，犹如商人对于金钱，沙漠对于泉水……老师对于学生的成就永不满足，他们像没有听到故事结局的孩子，瞪着眼睛问你，还有呢？

假如一个学生曾经顽皮，曾经吵闹，曾经不及格，曾经逃过学……老师对他就比较客观比较宽容。当那个孩子终于成长起来，取得了某种业绩，老师的心就像浅浅的茶杯，快活地溢出来，说，没想到！没想到啊……

对于好学生，老师则像大胆的预言家，什么都想到了，他把不敢对自己孩子寄予的厚望，慷慨地安置在你的肩上。他大言不惭地向众人宣布他为你规划的蓝图，连你自己都听得汗颜……

这是一只沉重的篮子，老师甚至把自己年轻时未竟的抱负都一股脑装在里面，送给了好学生。

真想把这只篮子随手遗失在生命的某一处路口。

现代人的负担太重了，哪里还腾得出手提这只古老的篮子？

但是，你不能。因为你从小是名好学生，好学生是要听老师的话的。

于是，怕见老师。我自知无论怎样努力，距离他们的要求也相差太远太远。我不愿鬓发苍苍的他们为我叹息，我不愿诉说苦难以求得到谅解。我渴望他们对我的期望永远在高山之巅毫无瑕疵地闪烁，我喜欢那种略带苍凉的可望而不可即……

作为从小就乖就说话算话的好学生，便对一位又一位的老师，应允了太多的承诺。这是一张签了字画了押的心灵债券，从此浪迹海角天涯，你无以逃脱。

因此，怕见老师啊，怕见教师！

教养的证据

教养是个高频词。时下，如果说某人没教养，就是大批评大贬义了。

什么叫教养呢？辞典上说是“文化和品德的修养”，但我更愿意理解为“因教育而养成的优良品质和习惯”。

一个人可以受过教育，但他依然可能是没有教养的。就像一个人可以不停地吃东西，但他的肠胃不吸收，竹篮打水一场空，还是骨瘦如柴。不过这话似乎不能反过来说——一个人没有受过系统的教育，他却能够很有教养。

教养不是天生的。一个小孩子如果没有人教给他良好的习惯和有关的知识，他必定是愚昧和粗浅的。当然，这个“教”是广义的，除了指入学经师，也包括家长的言传身教和环境的耳濡目染。

教养和财富一样，是需要证据的。你说你有钱不成，得拿出一个资产证明。教养的证据不是你读过多少书，家庭背景如何显赫，也不是你通晓多少礼节规范，能够熟练使用刀叉会穿晚礼服……这些仅仅是一些表面的气泡，最关键的证据可能有如下若干。

热爱大自然。把它列为有教养的证据之首，是因为一个不懂得敬畏大自然、不知道人类渺小的人，必是井底之蛙，与教养谬之千里。这也许怪不得他，因为如果不经教育，一个人是很难自发地懂得宇宙之大和人类的微薄的。没有相应的自然科学知识，人除了显得蒙昧和狭隘以外，注定也是盲目傲慢的。之所以从小就教育孩子要爱护花草，正是这种伟大感悟的最基本的训练。若是看到一个成人野蛮地攀折林木，通常人们就会毫不迟疑地评判道——这个人太没有教养了。可见教养和绿色是紧密地联系在一起的。懂得与自然协调地相处、懂得爱护无言的植物的人，推而广之，他多半也可能会爱惜更多的动物，爱护自己的同类。

一个有教养的人，应该能够自如地运用公共的语言，表达自己的内心和同他人交流，并能妥帖地付诸文字。我所说的公共语言，是指大家——从普通民众到知识分子都能理解的清洁和明亮的语言，而不是某种狭窄的土语俚语或者某种特定情境下的专业语言。这个要求并非画蛇添足。在这个千帆竞发的时代，太多的人，只会说他那个行业的内部语言，只会说机器、仪器能听懂的语言，却不懂得和人亲密地交流。这不是一个批评，而是一个事实。和人的交流的掌握，特别是和陌生人的沟通，通常不是自发产生的，是要通过学习和练习来获得的。一个没有受过教育的人，他所掌握的词汇是有限和贫乏的，除了描绘自己的生理感受，比如饿了、渴了、睡觉，以及生殖的欲望之外，他们对于自己的内心感知甚为模糊，因为那些描述内心感受的词汇，通常是抽象和长于比兴的。不通过学习，难以明确恰当地将它表达出来。那些虽然拥有一技之长，但无法精彩地运用公共语言这种神圣的媒介，来沟通和解读自我心灵的人，难以算是一个有教养的人。技术是用来谋生的，而仅仅具有谋生的本领是不够的。就像豺狼也会自发地猎取食物一样，那是近乎无须教育也可掌握的本能。而人，毫无疑问地应比豺狼更高一筹。

一个有教养的人，对历史有恰如其分的了解，知道生而为人，我们走过了怎样曲折的道路。当然，教养并不能使每个人都像历史学家那样博古通今，但是教养却能使一个有思考爱好的人，知晓我们是从哪里来，要到哪里去。教养通过历史，使我们不单活在此时此刻，也活在从前和以后，如同生活在一条奔腾的大河里，知道泉眼和海洋的方向。

一个有教养的人，除了眼前的事物和得失以外，他还会不由自主地想到他远大的目标。教养把人的注意力拓展了，变得宏大和光明。每一个个体都有沉没在黑暗峡谷的时刻，当你跋涉和攀缘时，虽然伤痕累累，因为你具有的教养，确知时间是流动的，明了暂时与永久。相信在遥远的地方，定有峡谷的出口，那里有瀑布在轰鸣。

一个有教养的人，特别是女人，对自己的身体，有着亲切的了解和珍惜之情。知道它们各自独有的清晰的名称，明了它们是精致和洁净的，身体的每一部分都有着不可替代的功能，并无高低贵贱的区别。他知道自己的快乐和满足，有很大一部分是建筑在这些功能灵敏的感知和健全的完整上的。他也毫无疑义地知道，他的大脑是他的身体的主宰。他不会任由他的器官牵制他的所作所为，他是清醒和有驾驭力的。他在尊重自己身体的同时，也尊重他人的身体。在尊重自我的权利的同时，也尊重他人的权利。在驰骋自我意志的骏马时，也精心维护着他人的茵茵草地。

一个有教养的人，对人类种种优秀的品质，比如忠诚、勇敢、信任、勤勉、互助、舍己救人、临危不惧、吃苦耐劳、坚贞不屈……充满敬重敬畏敬仰之心。不一定每一个人都能够身体力行，但他们懂得爱戴和歌颂。人不是不可以怯懦和懒惰，但他不能把这些陋习伪装成高风亮节，不能由于自己做不到高尚，就诋毁所有做到这些的人是伪善。你可以跪在泥里，但你不可以把污泥抹上整个世界的胸膛，并因此煞有介事地说到处都是污垢。

有教养的人知道害怕，知道害怕是件有意义有价值的事情。它表示明了自己的限制，知道世上有一些不可逾越的界限。知道世界上有阳光，阳光下有正义的惩罚。由于害怕正义的惩罚，因而约束自我，是意志力坚强的一种体现。

有教养的人知道仰视高山和宇宙，知道仰视那些伟大的发现和人格，知道对于自己无法企及的高度表达尊重，而不是糊涂地闭上眼睛或是居心叵测地嘲讽。

教养是不可一蹴而就的。教养是细水长流的。教养是可以遗失也可以捡拾起来的。教养也具有某种坚定的流传和既定的轨道性。教养是一些习惯的总和，在某种程度上，教养不是活在我们的皮肤上，是繁衍在我们的骨髓里。教养和遗传几乎是不相关的，是后天和社会的产物。教养必须要有酵母，在潜移默化和条件反射的共同烘烤下，假以足够的时日，才能自然而然地散发出香气。教养是衡量一个民族整体素质的一张X片子。脸面上可以依靠化妆繁花似锦，但只有内在的健硕，才经得起冲刷和考验，才是力量的象征。

仅次于人的动物

仅次于人聪明的动物，是狼——北方的狼。南方的狼什么样，我不知道。不知道的事咱不瞎说，我只知道北方的狼。

一位老猎人，在大兴安岭蜂蜜般黏稠的篝火旁，对我说。猎人是个渐趋消亡的职业，他不再打猎，成了护林员。

我说，不对，是大猩猩。大猩猩有表情，会使用简单的工具，甚至能在互联网上用特殊的词汇与人交谈。

我没见过大猩猩，也不知道互联网是什么东西，我只见过狼。沙漠和森林交界地方的狼，最聪明。那是我年轻的时候啦……老猎人舒展胸膛，好像恢复了当年的神勇。

狼带着小狼过河，怎么办呢？要是只有一只小狼，它会把它叼在嘴里。若有好几只，它不放心一只只带过去，怕它在河里游的时候，留在岸边的子女会出什么事。于是狼就咬死一只动物，把那动物的胃吹足了气，再用牙齿牢牢紧住蒂处，让它胀鼓鼓的好似一只皮筏。它把所有的小狼背负在身上，借着那救生圈的浮力，全家过河。

有一次，我追捕一只带着两只小崽的母狼。它跑得不快，因为小狼脚力不健。我和狼的距离渐渐缩短，狼妈妈转头向一座巨大的沙丘爬去。我很吃惊。通常狼在危急时，会在草木茂盛处兜圈子，借复杂地形，伺机脱逃。如果爬向沙坡，狼虽然爬得快，好像比人占便宜，但人一旦爬上坡顶，便一览无余，狼就再也跑不了了。

这是一只奇怪的狼，也许它昏了头。我这样想着，一步一滑爬上了高高的沙丘。果然看得很清楚，狼在飞快地逃向远方。我下坡去追，突然发现小狼不见了。当时顾不得多想，拼命追下去。那是我生平见过的跑得最快的一条狼，不知它从哪儿来的那么大的力气，像贴着地皮的一支黑箭。追到太阳下山，才将它击毙，累得我几乎吐了血。

我把狼皮剥下来，挑在枪尖上往回走。一边走一边想，真是一只不可思议的狼，它为什么如此犯忌呢？那两只小狼到哪里去了呢？已经快走回家了，我决定再回到那个沙丘看看。快半夜才到，天气冷极了，惨白的月光下，沙丘好似一座银子筑成的坟，毫无动静。我想，真是多此一举，那不过是一只傻狼罢了。正打算走，突然看到一个隐蔽的凹陷处，像白色的烛火一样，悠悠地升起两道青烟。

我跑过去，看到一大堆干骆驼粪，白气正从其中冒出来。我轻轻扒开，看到白天失踪了的两只小狼，正在温暖的驼粪下均匀地喘着气，做着离开妈妈后的第一个好梦。地上有狼尾巴轻轻扫过的痕迹，活儿干得很巧妙，在白天居然瞒过了我这个老猎人的眼睛。

那只母狼，为了保护它的幼崽，先是用爬坡延迟了我的速度，赢得了掩藏儿女的时间。又从容地用自己的尾巴抹平痕迹，并用全力向相反的方向奔跑，以一死换回孩子的生。

熟睡的狼崽鼻子喷出的热气，在夜空中凝成弯曲的白线，渐渐升高……

狼多么聪明！人把狼训练得蠢起来，就变成了狗。单个的狗绝对打不过单个的狼，这就是我想告诉你的。老猎人望着篝火的灰烬说。

后来，我果然在资料上看到，狗的脑容量小于狼。通过训练，让某一动物变蠢，以供人役使，真是一大发明啊！

坦然走过乞丐

喜欢张爱玲的一个理由，是她说自己不喜欢乞丐。凡人不敢说厌恶乞丐，特别是女性，那样显得多不善良啊！

乞丐是一个现象，它把贫穷和孱弱表面化了，瘫软地体现了出来；它把人的哀助赤裸裸地表达着，让他人在同情之后，起了帮助的欲望和收获施予的喜悦。

于是，乞丐就成了常说常新的话题。名著中的乞丐常常是睿智和淳厚的，平常人也有很多与乞丐有关的故事。听过一个女子讲述，她最终决定嫁给丈夫，是因为那个男人在看到乞丐的时候，总是一往情深地掏钱。某次竟把请女孩吃饭的钱悉数捧出，以至于两个人只能空腹沿江散步（女孩的钱只够两人回家的路费）。女孩认定男子值得信赖，很快和他结婚了。那个衣衫不整的乞丐不知不觉中成了红娘。当我对女孩见微知著的聪敏欣赏不已时，她脸色陡沉，说婚后不久发现丈夫狭隘虚伪，很快分道扬镳。于是那个乞丐又在浑然不觉中成了罪人。

我茫然了，不知如何对待这大城市眉眼上的瘤。某天和海外宗教界的朋友结伴走地铁。肮脏的老丐裹着污浊的破毡，半跪半俯地挡住了阶梯，破旧草帽中，零星小币闪着黯淡的光。毡下像枪管一般刺出半截腿，该长着脚的地方，是一团褐色的腐肉。情景的惨和气味的熏，使人不得不远远抛下点儿钱，逃也似的躲开。

我知趣地退后了几步，和朋友拉开距离。依她的慈悲和博爱，无论捐出多少，都是心意，也是隐私，我尊重地闪开为好。

她端庄地走了过去，俯身对残疾老人说，请您让一让，不要阻了通道，您没看到人们都绕开您走吗？这让大家多不方便啊。老人从地面抬起半张脸，并不答她的话，我行我素道，行行好，太太，给几个小钱……

朋友悄然走了过去，不曾放下一枚分币。进入地铁，找到站内的工作人员，她说，通道上有个乞丐，妨碍了交通，请你们敦促他走开。

我无声地看着这一切，心想，不给钱尚能理解，比如恰逢心绪不佳，无有余力关顾他人，但找了工作人员驱赶老丐，是不是也嫌过严？忍不住替她找理由，说，我看到报载，有些乞丐骗吃骗喝，白天在街上讨乞衣衫褴褛，下了班之后，西装革履地下馆子。有的干脆以此为业，几年下来，居然在乡下起楼造屋，成了当地首富。想你一眼看出那乞丐正是这路人等？

朋友笑了，说，我哪有这份神功？你说的那些事例我也在报上看过。具体到这位老人，没有证据，我们不可以随便怀疑。我疑惑道，既然你不认为他是坏人，为何不施舍？

朋友道，可我也不能判断出他是否真的贫病无告，难以自食其力啊！

我说，这却难了，每个人在掏腰包施舍之前，难道还要雇个私人侦探，一一查访乞丐们的收入情况吗？

朋友正色道，这正是现代社会的为难之处。农耕社会，谁个穷谁个真无助，十里八乡的人都心里有数。进入信息社会了，人员大量流动，我们知道火星几日几时几分大冲，一般人却无法掌握乞丐们的真实背景。

我说，那怎么办呢？有些乞丐挡住你的路，展示他们的残疾和可怕，吓得你不得不甩钱。几个人同行，若你袖手而过，就显出小气和不仁，压力也挺大啊！

朋友说，我是从不在马路边施舍的。那样不是仁慈，而是愚蠢。当然了，我不敢说马路边的每一个人都不该救助，但救助，也要有现代的意识。你给了一点儿钱，他就叩头，他靠出卖尊严得到金钱，你收获了廉价的欲望满足。你的那几个小钱，是不配得到这样的回报的。他轻易地以头触地，因为他已不看重自我。那种靠展示生理恶疾，压榨人们的感官，更是一种潜在的威胁和逼迫。利用丑恶博得金钱，古来就被称为“恶乞”，被人所不齿。如果你辛辛苦苦挣来的钱，却助长了不良之风，不正与你善良的愿望相悖吗?

我听得点头，又问，那我们如何施舍呢?

朋友说，要有正式的慈善机构来负责这些事务。它要接受各方面的监督，来有来路，去有去向，一清二白才能把好钢使在刀刃上，又省了普通民众的甄别之难。

从那以后，我可以坦然走过乞丐身旁。对那些慷慨解囊之人不再仰慕，对那些扬长而去之人也不再侧目。当然了，也积极向正规机构捐助，并期待他们的清廉。

请为你的夸奖道歉

朋友同我讲过这样一个故事。

她到北欧某国做访问学者，周末到当地教授家中做客。一进屋，问候之后，看到教授五岁的小女儿。这孩子满头金发，眼珠如同纯蓝的蝌蚪顾盼生辉，极其美丽。朋友带去了中国礼物，小女孩有礼貌地微笑道谢，朋友抚摸着女孩的头发说，你长得这么漂亮，真是可爱极了！

教授等女儿退走之后，很严肃地对朋友说，你伤害了我的女儿，你要向她道歉。朋友大惊，说我一番好意，夸奖她，还送了她礼物，“伤害”二字从何谈起？教授说，你是因为她的漂亮而夸奖她，而漂亮这件事，不是她的功劳，这取决于我和她的父亲的基因遗传，与她个人基本上没有关系。你夸奖了她，孩子很小，不会分辨，她就会认为这是她的本领。而她一旦认为天生的美丽是值得骄傲的资本，她就会看不起长相平平甚至丑陋的孩子，这就成了误区。而且，你未经她的允许，就抚摸她的头，这使她以为一个陌生人可以随意抚摸她的身体而可以不经她的同意，这也是不良引导。不过你不要这样沮丧，你还有机会弥补。有一点，你是可以夸奖她的，这就是她的微笑和有礼貌。这是她自己努力的结果。

请你为你刚才的夸奖道歉。教授这样结束了她的话。

后来呢？我问。

后来我就很正式地向教授的小女儿道了歉，同时表扬了她的礼貌。朋友说。

从那以后，每当我看到美丽的孩子，我都会对自己说，忍住你对他们容貌的夸赞，从他们成长的角度来说，这件事要处之淡然。孩子不是一件可供欣赏的瓷器或是可供抚摸的羽毛，他们的心灵像很软的透明皂，每一次夸奖都会留下划痕。

致『跑了的一代』

跑了的一代：

你们好！

原谅我这样称呼你们，不是批评，只是一个描述。不包含全局，只是指部分。一直迟疑着给不给你们写这样一封信，在这SARS渐远渐淡的夏季。许多叔叔阿姨都劝我不要写，说你们还小，保全性命是你们的本能，过错在校方在政策在家长，而不在你们。他们以一种长者的宽容和溺爱之心原谅了你们，仿佛慈爱而昏聩的太婆，面对永远长不大的重孙儿。

在我眼里，20世纪80年代出生的大学生，是几代国人用心血供奉的阳光和雷雨的儿女——虹，是民族恢宏之时的栋梁之材。你们必然经受灾难，你们必须承担责任，你们必定焕发光彩，你们必会坚如精铁。因为爱之愈切，所以怨之愈深，于是我拿起了笔。

SARS来了，你们跑了。

当北京的疫情像山火一样蔓延的时候，你们感受到了从未有过的惊慌。校门关上了，你们翻墙而出。谣传北京要封城，你们骑自行车到河北，把车子往路边一扔，扒上长途汽车跑回了家乡。在大学城，一台台手机以各种不同的声音鸣叫，犹如旷野上遭遇寒流的秋虫。你们呻唤父母，快快派车到学校来，接我回家！父母说，夜这么深了，明天早上行不行？你们跺着脚说，不行不行，大家都跑了，留我过夜，这太恐怖了……于是父母半夜给司机打电话，命他出车，接回孩子。

我听一位家境贫寒的大学生说，那一刻，他感到了强烈的哀伤和不平。他没有手机，无法向家中报忧。下岗工人的父母，也没有能力派车接他回家。眼睁睁地看着同学们绝尘而去，留他一人在孤寂的校园，等到天亮再背着行囊如同难民搭乘公共汽车逃走。

我看到一位跑回家的大学生写的文章，名字叫“我当了逃兵”，她说自己在离校出走的那一瞬，什么也没想，只觉恐怖万分，唯一的念头是要回到家里，死也要和爸爸妈妈在一处。没有请假，没有告别，甚至没有带上课本，没有和好友道一声别离。千万里的驰骋，只有一个想法——和亲人厮守在一起。

面对泣血的告白，我相信她的真实和无奈，我体谅到她的惊恐和无助，我明了她的哀伤和单纯，我懂得她的依恋和期望。可我依然不能原谅，因为——你们已经成人。

早年间看过一张得金奖的图片，拍一位穿红衣裙的小姑娘，大约只有五六岁吧，骑着她的小自行车，在风雨中英勇前行。那雨可真大啊，像一道道斜劈的亮剑，小姑娘的眼神，充满了一往无前的决绝。照片的名字叫“找妈妈去”。

找妈妈去——看到这句话，我们心底最嫩弱的地方会被扎破，滴出童年的水珠。每个人都曾有这番体验，在孤苦无依的险境中，第一个反应就是钻回妈妈身旁。那里是生命的出发地，哪怕全世界都抛弃了我们，那里也有温暖和食物，有乳汁和呵护。

这是人的本能，但在本能之上，横亘着我们的理智和良知。

此次大疫，在城市遭受SARS袭击的时候，有两个群体，表现出了大慌张和大流动。一个是民工，一个是大学生。由于民工的特殊境遇，在此就不多说了。据可靠消息，有20多万大学生在瘟疫流行的时候，以种种方式离开了北京这座危城。

跑了的一代，作为个体，我可以同意你们摆出的种种理由，但是作为一个群体，在最危难的时候，你们选择了离开。这在道义和科学上，都非明智之举。

应对传染病有三大法宝，这就是：隔离传染源、切断传播途径、保护易感人群。当整个城市处于染病高峰的时候，从广义上讲，这个城市就是一个大的传染源。所以世界卫生组织宣布北京为疫区，亮出了旅游警告的黄牌。你们跑了，就把传染的危险扩散到了更广大的地区。再说切断传染途径，你们这一跑，就像滚动的钢珠，把传播途径链接上了。至于保护易感人群，简言之，你们的父老乡亲，正是这样的高危群落。中老年人一旦染病，死亡率比年轻人要高很多。根据世界卫生组织的资料，在60岁以上的老人当中，SARS的病死率高达50%。

你们也许很委屈，说从未有人告知过你们这些。不是怪你们，只是想提醒你们，作为正在接受高等教育的知识分子，当灾难来临的时候，第一个反应不是寻找有关的科技资料，了解资讯，而是埋头就跑，这无论如何都与蠢举相差不远。幸好SARS还算仁慈，不是最烈性的传染病，否则你这一跑，会把灾祸人为地放大千百倍。

很多20世纪80年代出生的年轻人，抱怨自己没有经历如火如荼的岁月。你们羡慕“五四”，羡慕抗日，甚至羡慕上山下乡的苦难，觉得那才是年轻人燃烧激情的时光。你们以为所有的悲壮都已被消解一净，勇士已成了远古的恐龙；你们以为英雄主义已干枯成标本，再没了重张志喜的那一天；你们以为人类已无往而不胜，火星都快攀上，遑论连外壳都没有的病毒？你们以为集体主义打包收藏，从今往后的潮流就是极端自我亦酷亦炫……

SARS来了，你们跑了。这是没有硝烟的战场，你们在敌人第一次集团冲锋的时候，就从倒下的伤员身边蹭过，掉头一溜小跑，给留下的人们一个张皇的背影，让他们在坚持奋斗的间隙失望地叹息。

你们大都是独生子，有着和自己的家庭状况不甚相符的较高消费，温饱型的父母使你们提前享有了小康型的生活。中国的父母，他们的生存水准，和世界发达国家可能差距100年，但是他们以自己瘦弱的臂膀，为你们积累了财富，你们所拥有的物质生活和发达国家相比，至少缩短了50年的距离。你们对此可有足够的理解和珍惜？是否意识到站在父辈的膏脂上，理应做出更多的贡献？

SARS来了，你们跑了。放弃了责任，也放弃了一个让自己成长和坚强的机会。犹如蝌蚪放弃溪水，雏鹰躲避了风暴。

找妈妈去！这一句真挚朴素的话，如果是咿呀学语的孩子说，我们会会心一笑，感觉到的是可爱的天真和童稚。如果是身高五尺的年轻姑娘和汉子说，是不是就有点儿弱智和畏怯？如果这汉子和姑娘并不弱智，读过很多书，而且是在两军短兵相接的战场上这样说，恕我直言，那就近乎猥琐和背弃了。

你们可以恨我的直言和尖刻，你们也可以恨我的不宽恕和不谅解。但你们应该听到这些逆耳忠言，因为你们不仅是会卿卿我我的“男孩子和女孩子”，更是这个多灾多难的民族五千年血脉的传承，更是这个饱经忧患的国家充满期望的双眸。

你们同龄人当中，也有让我深深感动的样板。一位20岁的姑娘，感染了SARS，出院后的第一天，她想到的是捐献自己富含抗体的血浆。深明大义的母亲支持了女儿的想法，一起问遍偌大的京城，哪里可以收下这宝贵的血浆。终于找到了接受血浆的机构，母女俩赶了去，接受了一系列的检查，然后回家等消息。大病初愈之后的女儿，在北京城里颠簸了一天，晚上蒙蒙眬眬地睡下。半夜里，电话突然响了，通知女儿去捐献血浆……故事仅仅讲到这里，一切都还在我的预料之中，甚至也没有太多的惊讶和感动。我17岁时，在藏北高原献过血，这没有什么了不起的。

其后的一个细节，却让我久久激动——那个女生听到捐血的消息后，高兴得一个跟头从床上蹦了起来，欢呼雀跃……

多么可爱的女孩啊！我可以面不改色心不跳地在高原上献血，可我做不到一个跟头跳起来欢呼。我会把救助他人当作义不容辞的责任，可我不会发出由衷的欢笑。我可以懂得这是义不容辞的付出，却不知这更是相濡以沫的获得。当我捐出可以计量的鲜血，我不知能够收取无以估价的快乐。

这就是我这一代人和那名女孩的不同。她更健康更自由更轻松更无拘无束，她更天然地知道爱己也爱他人。

因为有了这样的女孩，我们有理由对你们充满了更辽阔的期待。你们已经长大，你们必将成熟。下一次，不知将有什么样的灾变在等待着你们，当它莅临之时，我确信你们再不会跑了。历史包绕着你们。

刺玫瑰依然开放

那一天，我和这位20世纪80年代出生的女孩，坐在一间有落地窗的屋子里，窗外不远处有一个花坛，花坛里开放着粉红色的刺玫瑰。我们喝着不放糖和牛奶的黑咖啡，任凭窗帘扑打着发丝和脸颊。

女孩戴着口罩，把眼睛瞪出了口罩的边缘，说，所有的科学知识我都知道了，可我还是害怕。我可以对你说我不害怕，可那是假的。理智不可能解决情感的问题。你说我怎么才能不害怕？

她指的是“非典”。2003年上半年，中国使用频率最高的一个词大概是“非典”。医学家统计，在罹患非典的人群里，青壮年占了70%以上，特别是20岁至30岁的青年人在总发病率中占了三成比例。从这个意义上说，“非典”具有生机勃勃的杀伤性。

年轻人的大恐慌，主要来自在有限的生命体验中，找不到被一株小小的病毒杀得人仰马翻的经验。人们对于自己未知的事物，总是充满了震惊和慌张，这是人的正常心理反应，一如我们面对着不可知的黑暗，你不知道在暗中潜伏的是老虎还是蜥蜴。如果我们有了一盏灯，我们的心里就踏实了一点。如果我们在有了灯之后，又有了一根结实的棍子，信心就增长了一些。假如天慢慢地亮起来，太阳出来了，安全感就更雄厚了。科学家对于“非典”病毒的寻找和描述，就是我们在晦暗中的灯光。现在已经初步看清了这个匍匐在阴影中的魔鬼，知道它的爪子从何处伸来，利齿从何处噬咬。我们也有了一根粗壮的棍子，那就是严格的消毒和隔离措施。大多数人的恐慌渐渐地散去，一如冬季北方旷野上的薄雾。

我问女孩，“非典”在北京爆发之后，你在哪里？

她说，我在公司做职员，刚开始隔天上班，现在干脆不用去了。我的同事们很多离开了北京，忍受不了这种恐惧的压榨。听说在北京不容易走，有人就骑着自行车跑到北京的周边地区，然后把自行车一扔，坐上汽车火车，跑回老家去了。可惜我的爷爷奶奶姥姥姥爷都在北京，无地可去，只能和这座城市共存亡。我非常害怕……

我握了握她的手，果然，她的手指被冷汗粘在一起，像冰雹打过的鸟翅簌簌抖动。我说，我没有办法使你不怕，但有一个人能帮助你。

她迫不及待地问，谁？

我说，你自己。

她说，我怎么帮我自己呢？

我说，你拿来一张纸，把自己最害怕的事写下来。

她站起身，拿来一张雪白的大纸，几乎覆盖了半张桌面。然后，一笔一画地写下：

第一个害怕：我还没有升到办公室的主管，就停止了前程。

第二个害怕：我买下的房子，还没有付完全款。

第三个害怕：我刚刚交的男朋友，还没有深入发展感情。

第四个害怕：我准备给我妈妈送一件茉莉紫色的羊绒衫，还没来得及买。

第五个害怕：我上次和我爸爸吵了一大架，还没跟他和好。要是我死了，多遗憾。

第六个害怕：我热爱旅游，很想走遍世界。现在连新马泰和韩国还没去成呢，就要参观地狱了。

第七个害怕：我想减肥，还没有达到预定的斤数。

第八个害怕……

当她写到第八个“害怕”的时候，停了下来。我说，为什么停笔了？她歪着头从上到下看了半天，说，差不多了，也就是这些了。

我说不多嘛，看你拿来那么大的一张纸，我以为你会写下1001条“害怕”。请检视一下你的种种害怕，看看有哪些可以化解或减弱。

她仔细地端详着自己刚刚写下的“害怕”，说道，第七个“害怕”最不重要了，如果得了病，高烧几天，估计体重就减下来了。

我说，很好啊，凡事就怕具体化。现在，你已经没有那么多的害怕了，只剩下六条，再来具体分析。

姑娘看看手下的纸，说，有两条是可以立刻做的，做完了，我就不再害怕了。

我说，哪两件事？

她说，今天我下班之后，就到商场给我妈妈买一件茉莉紫的羊绒衫，如果这个颜色商场一时无货，我就买一件牵牛花紫的羊绒衫，要是也没有，买成大枣红的也行。第二件事是和爸爸推心置腹地谈谈。我爸是个特好面子的人，所以我先同他讲话，他一定会爱答不理的。要是以前，我才不用热脸贴人的冷屁股呢！但经过了“非典”，我会比较能忍耐了。我会对他说，“非典”让我长大了，我是你的朋友，让我们像真正的朋友那样讲话，好吗？

我说，真喜欢你说“非典”让你长大了这句话。成长不但发生在幸福的时候，更多是发生在苦难之中。

她受了鼓励，原本被恐惧刷得灰白的面庞，有了一丝属于年轻人的绯红。她继续看着恐怖清单，低声说："至于刚刚交下的男朋友，好像也不是什么值得害怕的事情，这需要细水长流慢慢了解。就算是没有'非典'，也不一定就能达到海誓山盟男婚女嫁……"

说到这里，她大概突然看到了恐怖清单上的第二条，笑起来说，至于还不上贷款这件事，我要把它开除出去。这不是我该害怕的事，最害怕的该属房地产开发商。这是不可抗力，是地产老板们最爱用于推诿的理由，想不到也可以"以子之矛攻子之盾"，让他们头疼一回。

开发商的困境引发了女孩的幽默感，她显出些许幸灾乐祸的快乐。旋即细细的眉头又皱了起来，说，恐怖名单上不能去世界旅游这一条，无论如何是驱不去了。

我说，你要到各地去旅游，为了什么？

为了让我快乐。看我没看到过的风景，听我没听到过的鸟鸣。她很快回答道。

我说，这真是旅游最好的理由。只是我想问你，你可曾注意到窗外不远处的花坛里，刺玫瑰在悄然开放？

她一脸茫然地说，刺玫瑰真的开花了吗？

我用手指敲敲窗子说，你往前面看。

她把脸压在玻璃上，贪婪地看着窗外，每一朵刺玫瑰都如同换牙的小童，憨态可掬。她惊讶地说，真的，在“非典”肆虐的春天，刺玫瑰居然还在开放。真怪啊，我以前怎么从来没有注意到呢？

她的目光从睫毛膏的缝隙中向更远处眺望，说，哦，我不但看到刺玫瑰了，我还看到国色天香的牡丹和路边卑微的蒲公英，也一样蓬蓬勃勃地开放着……

她是很聪明的女孩，很快就悟出了，说，我明白了，美丽的风景不一定要到远处寻找，也许就在我们的身边。

我说，起码我们先把眼前的风光欣赏完了，再看远处无妨。

这位20世纪80年代出生的女生看看自己的恐惧清单，然后说，好吧，就算没法周游世界，我也不再害怕了。但是，我要是升不到主管就死了，这还是很可怕的事。

我说，你升到主管之后会怎样？

女孩说，我还要升到部门经理，然后是总经理……

然后呢？我问。

然后就是旅游了……旅游是为了开心，是为了快乐。

对啊，我最终的目的是让自己快乐。那么我如果因为害怕，抢先丧失了快乐，我就太傻了，就是本末倒置，就是一个大笨蛋……她自言自语，眼珠飞快地转动着。

那一天的结尾，是这个姑娘把那张像大字报一样的恐怖清单撕掉了。关于20世纪80年代出生的年轻人，在此次“非典”流行的过程中，交出了形形色色的答卷。比如我在电视里，就看到20岁刚出头的女护士，英勇得如同身经百战的士兵，穿戴着把人憋得眼冒金星的三重隔离服，给年纪足够当她伯父的病人做治疗和宽慰疏导。

这就是泥沙俱下的生活，这就是新的一代人。报章上有人管他们叫“跑了的一代”，我觉得在他们如此年轻的时候，就遭遇到了一场突如其来的严重的灾难，是不幸也是大幸。恐惧可以接纳，却不能长时间地沉溺，逃跑更是懦夫退缩的行径。当你有能力直面灾难，细细将它们剖析，在灾难中看到鲜花依旧在不远处开放，那就有了不再惧怕不会逃跑的气概。

万荣的土

梨花开放的时候，我到了山西省万荣县。万荣是当年轩辕帝扫地为坛祭祀后土圣母的地方，这里的山和水就有了令人亲近的神圣。我喜欢扫地为坛的说法，那是最原始最诚恳的仪式。我们追随当年的轩辕，到这里来祭奠一位伟大的女神，她是我们共同的母亲。

在雪白的梨花之下，是万荣醇厚的黄土。当抚摸万荣黄土的时候，有一种肌肤相亲的感觉。那土是有热度的，你手指感到温暖的黄土之下，有轻微而幽远的搏动。一如拉住我们慈爱母亲的臂膀，你能触摸到她血脉的涌流。

我从小就喜欢女娲造人的神话，最心动其中的一段——女娲造人用的是黄土，所以我们的皮肤是黄色的。不单因为这传说里埋藏着文化密码，更因为我看到黄土的时候，心情荡漾，好像有一簇银针柔软地醒来，复苏为绵延悠长的须根。

我知道有丰富的古籍支撑着万荣古老的历史，我知道关于女娲造人，有无数学者在探讨和研究。不从学理只从情感方面着眼，我期待全世界的炎黄子孙都来看看我们亲爱的母亲，都能带走一抔万荣的黄土珍藏一生。

先向全球的华人雕塑艺术家征询方案，让大家把心目中最早的祖先的模样，用黄土再现出来，从中选出最质朴最执着最富生机的雕像，定为模型。

从距离当年的睢上最近的地方，用镢头（千万不要用机械）把一坨坨黄土砍下来，放在金灿灿的太阳下足足地晒，直到每一颗土粒都镶满了太阳的光芒。想象中女娲是在早晨开始造人的工作，那我们也在一个晴朗的黎明，用黄河的水把黄土和成泥。

我期望雕塑师都是年轻的女人，她们健壮有力，她们祥和勇敢，她们耐心细致，她们挥汗如雨……她们把细腻的黄泥遵照模型造出一排排的男人和女人，摆在地上，再一次接受太阳的烘烤，直到男人和女人们都有了暖洋洋的体温。每一个出门的赤子和每一个归来的远客，都带走一个这样的模型吧！他们是我们相认的独特符号，他们是连接先民和今人的文化基因。

把远祖的雕像复原之后，再带走一些万荣的黄土。把黄土先用最洁净的丝绸包裹，然后装在黑陶制成的罐子里，跟随我们上路。无论漂洋过海到哪里，夜深人静时低头凑过去，你都会闻到黄土纯正干燥的气息。在这种黄土里，埋藏着太多的苦难，储存着太多的希望。早年我学医的时候，先生教我一剂妙方，名曰“黄土汤”，说的是游子临行时，要把家乡的灶心黄土抓上一把，出门千万里风霜雨雪袭来，无论你染上怎样的病恙，都记得要把乡土拿出，用滚烫的水沏一碗金色的黄土汤。它有百利而无一害，扶正祛邪保你顺畅。听了老师的话，当时很感慨，心想，一定要为自己备下这神奇的药剂。不想真正施行起来，却遇了大困难。生活在钢筋水泥森林中的现代人，举目四望，哪里是我故乡？就是随意指认某地为家，哪里又能有丰美的黄土可供我煲汤？

现在终于找到了。万荣的土，就是全世界华人的家乡所在。携一包万荣的黄土走四方，大地母亲会微笑着祝福她的儿女安康！

家庭的天平

文学讲座或是大学授课，我最后总要留出些时间，让大家自由提问。经常接到这样的字条：“作为一名女作家，你和丈夫感觉平衡吗？请说实话。”

每次我都会心一笑。记得在北大，我很想知道发问人的性别，念完条子后对大家说，请猜一猜，这是一个男孩还是一个女孩写来的询问？大家异口同声地回答——女孩。

看来人们对平衡问题普遍关切，尤其是女性，在这个日渐拥挤嘈杂的世界上，对平等有着天然的敏感。一个家就是一个微缩的地球。丈夫和妻子，男人和女人，永远面临着公正的挑战。

家庭的公平从何而来？我想这真是比哥德巴赫猜想还要复杂的数学难题。也许各人的经济收入还可比较，但一个家不是储蓄所，更不是商店，单是银钱的多寡，无法决定指针的走向。谁能说得清，深夜里的一杯热茶，病榻旁的轻轻抚摸，应该标价几何？男人完成了一篇论文，女人在这些日子里辅导了孩子的功课，又有谁能评判出这两种劳动，对于家庭的贡献，孰重孰轻？漫天风雪中，有人挂牵着你，这是亿万金钱也买不到的眷恋。伴侣百年之后一声悠长的叹息，如风飘散，却有着山一般的凝重屹立苍穹。

家庭中的平衡，是一种模糊而又清晰的概念。事业、金钱、地位、声誉等等，都是有分量的物体，犹如一堆大小不一的砝码，堆积在我们脚下。有一架无形的天平，分给男人和女人各一个秤盘，倾斜就酝酿着危机。

沧海桑田，人人都在不断地变化中，唯一不变的是人间的真情。爱是家庭天平中最沉重的砝码，一缕真情，抵得过所有金钱的总和！

面对纸条我总是回答，我和丈夫就像一个人的左脚和右脚，抬起落下，忙着走路。如果你总是在原地站着，无论怎样小心，终会失却了平衡而倒下。

共同向前是最好的平衡，这就是永远的实话。

我和瑞恩妈妈的不同

在报上看到一个故事，那是1998年的一天，加拿大的六岁男孩瑞恩刚一放学，就急急忙忙跑回家，向妈妈伸出手，说，给我70块钱，我要给非洲的孩子修一口井。原来老师在给一年级的孩子们上课时说，非洲的孩子没有玩具，没有粮食和药品，甚至连洁净的水也喝不上，成千上万的孩子就这样死去了。瑞恩听了非常难过。老师接着告诉大家，一分钱可以买一支铅笔，25分钱可以买175粒维生素药片，一块钱可以吃一顿饱饭，两块钱可以买一条毯子，而70块钱，可以挖一口井。

六岁的瑞恩下了一个决心：明天我要带来70块钱，我要为非洲的孩子挖一口井。

这就是故事的由来。对于瑞恩的想法，我倒不觉得奇怪。孩子嘛，基本上都是富于爱心和怜悯之情的，他们常常想入非非。虽然成人世界有很多阴郁，但我们教育孩子的时候，总是阳光和温暖为主。当我看到这里的时候，倒是为瑞恩的妈妈苏珊捏了一把汗。怎么回答呢？

苏珊是一家娱乐委员会的顾问，丈夫马克是警察。也就是说，他们是加拿大的工薪阶层，家里共有三个男孩，瑞恩是中间的一个。苏珊对瑞恩说，70块钱太多了，我们负担不起。

我松了一口气。是的，要是我，我也这么说。要是孩子的每一个善良的愿望都付诸实施，几乎所有的家庭都能破产。

瑞恩没有放弃自己的请求，只要一有时间，他就向父母重复这个愿望。苏珊和马克不得不认真地对待这件事了，他们讨论之后，向瑞恩宣布了一个方案：我们不能白白地给你这些钱，如果你真的想得到，你可以自己去赚。

苏珊在电冰箱上放了一个旧饼干盒子，画了一个积分表，上面有35条线。饼干盒子里每增加两块钱，瑞恩就可以涂掉一个格子。妈妈对眼巴巴的儿子说，你只有做完额外的家务活，才能得到报酬。你以前做的那些可不算。

瑞恩答应了。六岁的孩子开始吸地毯，足足干了两个多小时，妈妈验收之后，在饼干盒子里放下了最初的两块钱。瑞恩开始帮邻居捡大风吹落的树枝，从此不再买玩具，别人看电影的时候，他擦窗户……就这样开源节流，整整四个月之后，瑞恩攒够了70块钱。

苏珊托了朋友，多方打听，找到了一个名叫“水罐”的组织，他们负责到非洲打井。苏珊带着隆重地穿上了小西服的瑞恩到了那里，人们告知他们，70块钱只够买一个水泵，挖一口井，需要两千块钱。瑞恩说，那好吧，以后我干更多的活儿，来攒够这笔钱。

苏珊和马克真是发愁了。就算他们的小儿子再不辞劳苦地干家务，可是他们也付不出这笔工资啊！

苏珊的朋友被感动了，用电子邮件把瑞恩的故事传了出去。后来当地报纸登出了这个故事，名字就叫《瑞恩的井》。许多人看了报道，把钱寄给“瑞恩的井”。他的父母为了管理这些钱，专门成立了“瑞恩的井基金会”，在乌干达安格鲁打下了第一口井。现在，这个基金会的筹款已经达到了75万加元，正在帮助更多的非洲人实现喝上洁净水的愿望。

瑞恩作为唯一的加拿大人，被评为“北美十大少年英雄”，并得到加拿大总督颁发的国家荣誉勋章。面对着这样辉煌的荣誉，瑞恩今后将何去何从？苏珊说，瑞恩他已经做得够多的了，如果他选择放弃，我们绝不会勉强他。就是说，如果瑞恩决定放弃他的井，他的爸爸妈妈如同当年支持他打井一样，也支持他关井。

不由得想起，如果我有瑞恩这样一个孩子，我该如何应对？

我想，首先在瑞恩提出要给非洲的小朋友捐一口喝水的井时，假如我心情不好，我会不耐烦地挥挥手说，这都是大人们管的事，你还小，操那么多心干什么？快写作业去！

假如我心情不错，也许会拿出一张世界地图，指着非洲对他说，你知道非洲在哪儿？看见了吗？在这儿，离咱们十万八千里呢！就算你真有一片爱心，也得等你长大了再说。好了，睡觉去吧，梦中你就能到非洲了。

如果我的孩子一定要捐70元用来打井，如果我是一个富人，我会说，好，你来亲亲妈妈的脸，妈妈就给你这70块钱。我的孩子多懂事啊，多么有爱心啊！

如果我手头拮据，我会悻悻地说，你还想用做家务挣钱给非洲人？我天天都在家做家务，谁给我钱了？做家务是挣不来这些钱的，你的算盘打错了。有这个时间，你多读点儿书比什么都好，自己的事情都拉扯不清，连稀粥都快喝不上了，还搭理什么非洲！

如果我的孩子真的不畏艰难，靠自己的努力攒够了几块钱，委托我把它捐到非洲去，我会把钱暗暗收起，然后对他说，我已经把钱寄出去了，非洲那地方很远，你别着急，也许很久之后才会有回音呢！当我几乎忘掉此事的时候，孩子问起，我就会支支吾吾地说，哦，那些钱……当然了，是的，寄出去了，你知道非洲离我们万水千山，他们很难和咱们联系得上，总之我相信他们是收到了……当我说这些话的时候，舌头直打结。那笔钱已经变成了红烧凤爪或是一套课辅教材，叫我如何交代得出确切的下落！

就算是我没有贪污孩子打井的资助，我也不可能为他设立一个基金会。我会觉得这是多此一举，是没事找事自寻烦恼，我一天为了自家的柴米酱醋盐还掰不开镊子呢，哪里顾得上非洲！也许对当年记挂着亚非拉2/3受苦难的人民一事印象太深，我现在格外地愿意关注自家。

好了，就算是我为他设立了一个基金会，得到了社会各界的认可和支持，就算他得到了“十佳少年”的称号，上报上电视上广播，我和苏珊最大的分歧也将暴露出来。我无论如何也不能让他停下来，哪怕是他疲倦了，我越俎代庖也要鞭策他保持晚节。（对这么小的孩子，也许不能说晚节，那就是早节吧。）哪怕是他厌倦了，我就是打着骂着哄着，也要让他在舆论面前惟妙惟肖地表演爱心；哪怕是他兴趣转移，我也要千方百计地敦促他一如既往地维持下去。既然已经走到了这一步，就好比是上了一条金光闪闪的传送带，怎能轻言退下？光环簇拥着，不能善罢甘休。无论如何也要咬牙挺到被保送上了名牌大学，把这个小英雄称号的内在价值充分利用起来。非洲的井里有没有水，在我这个妈妈的心里，是远远比不上孩子的前途和读书重要的。

我并非一个特别自私的特例。当瑞恩和妈妈一道来中国，在我们的电视台做客的时候，观众问得最多的问题是：瑞恩这样关注非洲的井，不会影响到他的学习吗？这个问题被问到的次数之多，连翻译都说他不耐烦了。

也许我的孩子和瑞恩没有太大的不同，但我和瑞恩的母亲实在是有很多的不同。这些不同，不仅仅是经济上的差异，还有文化和传统上的不同。比如我们会把一个孩子读书的成绩，看成是唯此为大的事情，相信仓廪足然后知荣辱，以为爱是建筑在物质富裕之上的奢侈。值得反思的不是我们的孩子，而是我们自己。虽然从时间顺序上看起来是先有了瑞恩的想法，然后才有了支持瑞恩的妈妈的行动，其实，是先有了瑞恩的妈妈，才有了瑞恩。这不仅是从生理的意义上来说，从思想的意义上也是如此。

与教授远行

教授是一位独身年老的女人，从学院调来搞金属矿山的研究。她的第一件工作是到云南的深山调查情况。我想与她同行。

她的目光从老花镜的上方平行射向我，说，我历来不愿意同女人一道出门。

我扑哧乐了，说，咱们俩怎么那么像？

于是两个都不喜欢女人的女人并肩远行。

教授步态已略显蹒跚。到了机场，我要去办登机手续，教授抢去所有证件，说，你不要以为我需要你照顾。

从此，我与教授平等相处。有一个旅客小声问我，她是不是你妈妈？吓得我像黄继光堵枪眼似的糊住她的嘴。

教授处处要表现年轻。

到矿山去了解农民乱采乱挖矿石的情况，现场在高陡的崖坡。

您就不要去了，教授。我们可以给您看照片，放录像，找人座谈。当地人说。

录像我在北京就可以看，下来就为了看真相。请准备一双小号工作靴。教授不由分说。

最小号的靴子套在教授脚上，还是像灾年的花生壳。

教授走到桌前，扯下几张报纸，卷卷折折，塞进靴里。然后说，我左脚踩了四版日报，右脚踩了八版晚报，现在可以上山了。

向导在前，教授居中，我殿后。在锐利如鱼脊的山背下，早已呼哧带喘的教授突然止步不前。我说，教授走啊！教授说，我走不动了。我说，那咱就回去。教授用仅有的气力斥责我说，那怎么行！我说，那也不能老趴在这儿，就是不跌下去，风也会把我们嗖出窟窿。

教授不理我，任山风在我们的脚下打着旋涡。折断的草茎和破碎的花瓣飘浮空中，勾勒出这一朵风和那一朵风的边缘。太阳明晃晃地刷着我的眼，恍惚中以为是自家的露台。我不断提醒自己，可千万不要一高兴松了手。

过了许久，教授朗声说，我好了，走。

当地人说，这么老的婆婆，该在家抱孙子的。没想到这好的精神，大约常吃人参。

好客的云南人，太爱给人吃过桥米线。教授不喜吃，就说，吓！你看这个碗有多大，可以把我的脸盛进去。

教授的脸小而尖，透出年轻时的端丽。那个碗的确可以给教授当镜子。她不容商量地把米线夹给我。

我说，教授，我也……

教授说，以往我出来，吃不了的饭都是助手帮助解决。

最后我剩了大半碗米线，实在无力克服，教授就说，浪费！太不像话。

半夜的时候，教授敲我的门，说，我饿了。然后眼巴巴地看着我。

我说，我只有大大泡泡糖，橘子香型。

她皱着眉说，甜吗？我从来没吃过那东西。

我说，甜得让您立即长出龋齿。

她说，那太好了。糖的分子式都是一样的。我低血糖。

我说，这么晚了您还没睡。

她说，我已经起了。那么多数据要处理。

我说，注意泡泡糖嚼完了就吐掉，不然泡泡会粘到您的眼镜上。

第二天早上，她说，泡泡糖还挺灵。女伴也有好处。

汽车在莽莽苍苍的哀牢山脉穿行，果酱色的红河水在几百米深的谷底从容蠕动。汽车行驶到某一特定角度，红河水会突然耀起金箔似的闪光。我们不时地与拉香蕉的货车遭遇，由于道路太窄，小车只好仄起半边轮子，容那翠绿色的庞然大物先行。

在浓郁的青香蕉气息里，我问教授，您这一生，是否有过刻骨铭心的爱情？

她警觉地问，你这是什么意思？

我说，没什么意思，只是好奇。像您这么美丽的女人，不会没有人爱。可您又这么凶，足以把男人吓走。

她说，我年轻时并没有你想象的那样美丽，到老了才有人说这个词。

我说，女人一般是越老越显出憔悴琐碎之色，您与这规律不符，说明了您内心的善良和开朗。

她沉吟着说，我十几岁的时候，非常仰慕我们工作队的队长。工作队你懂吗？

我说，教授，我远比您想象得要渊博。

教授接着说，我那时只是一名普通的大学生，我不知道怎样才能表达我的感情，关键是我不知道他怎样看我。后来他得了疟疾，每天都要按时服药，要不然会引起猛烈的发作。看着他生病，我焦急得不行，恨不能把病从他的身上抠下来移植到自己身上。有一天他说，麻烦你把我的金鸡纳霜（奎宁）拿来，它就放在我的桌子上。我一溜风跑到他的办公室，但他的桌面上干干净净的，连图钉也没有一颗。我怕误了他用，就四处翻找。他的抽屉平日都是锁着的，那一天却忘了。我看到抽屉里金鸡纳霜的瓶子，还看到瓶子下面有一封信。正确地说，那是一封信的草稿。信没有抬头，但我看出他是给我写的，历数了我的种种缺点错误……

那都是些什么批评，能否告诉我？

当然可以。无非是柔弱伤感，爱穿鲜艳的衣服，爱唱浪漫的歌。

就这些？

就这些。

教授看着窗外一株株挺拔的柠檬桉，平静地说。

我知道当年她绝不是这样平静。但纵是一块黄连，咀嚼太久后味也淡然。

后来呢？我问。

后来我就把金鸡纳霜给他了。

我不是问的这个后来，我问的是别的后来。我说。

没有后来。后来他的病就好了，调到更重要的地方去了。再也没见过。她说。

可是那封信？你说过它是草稿。

是的，是草稿。它就一直没有被正式抄定，更没有被装进信封。

后来您问过他这件事吗?

没有。他对我是那样的看法，我不好意思再同他讲话。可以聊以自慰的是，现在的我已同那时的我大不相同。

一棵英雄树闪过。因不是开花的季节，没有诗人们讴歌的壮丽景象，静静地屹立着，很普通。

我微笑着思忖着说，教授，您到今天还没有想清这是怎么一回事吗?

她说，怎么一回事?我真奇怪今天为什么要对你说这些。下次还是带个小伙子好，没这么啰唆。

我说，教授，您听我说。在以后的年代里，您就一直在改正他指出的缺点，但再也没有碰到像他那样的人。我说得对吗?教授。

教授说，带着你远行，是我的重大失误。

我说，教授，你不要自欺欺人。我来戳破窗户纸。他给你的实际是一封情书，金鸡纳霜就是信使。一切都是预谋，当然疟疾是真的。队长平日忙，在病中才有时间谈论感情。有许多爱情诞生于疾病的土壤，犹如最上品的茶树长在荒瘠的山坡。在那个年代，作为一个真正的布尔什维克，他以为对一个女孩最大的热情，就是狠狠指出她的不足……

猛烈的急刹车。因为一个穿着鲜艳到繁杂的少数民族少女横穿公路。她摇着满头的银饰调皮地笑笑，全然不理会我们的头被撞出青包，飞快地跑了。

教授若有所思地说，我那时和她一样年轻。

您现在是否还想知道他的下落？我试探着问。这一次可实在没有把握。

想。她干脆而果决地回答。我依稀看到一个穿列宁服的女孩活跃在教授瘦小的轮廓里，将她苍白的鬓发蜕成乌黑。

那我可以把咱们的云南之行写成一篇散文，把它登在报纸上。散文都是真事。也许当年的工作队队长会在遥远的地方看到这篇文章，也许会给编辑部写一封信，找到了我就找到了您。我说。

好。她干脆地说。我看到木棉花一样的热情在她的眸子里开放。

之后，我们久久地无话，像两个厮打过的拳手酣战后歇息，专心听亚热带的风在橡胶林里呼叫。

返程的时候，教授已用收集来的资料，写出了极有价值的经济政策研究报告。到达机场，教授依然忙不迭地取了我的一应证件，去办登机手续。

我坐在候机室舒适的皮椅上，注视着教授略带佝偻的背影。

教授，我知道你为何这样匆匆。

你是怕我拿了你的证件，就知道了你的真实年龄。

教授，何必呢？其实我早已知道了你的年龄，你在我心中永远年轻。

眼药瓶的奥秘

渠枫来见我的时候，披头散发，衣帽邋遢。对一个容颜娟秀的女孩子来说，糟蹋自己到了这种地步，可见她遇到了重大的困厄，心灰意懒，已经抛弃自爱，不再珍重。

她一屁股坐下来，从内兜深处掏出一件东西，握在手心，对我说，都是它把我毁了！

我以为那会是一枚珠宝首饰或是一个信物，要么干脆是一封绝交信，没想到在渠枫苍白的缓缓展开的手掌心里，是一只普通的塑料小眼药瓶。到街上的药店，一块钱可以买回三支。

我细细地观察着这只药瓶。奇怪它有何魔力，竟能把一个青春年华的女大学生，折磨得如此憔悴萎靡？

药瓶基本上是空的，它的底部，有一些暗红色的渣滓沉淀着，好像是油漆的碎片。瓶颈部的封堵已被剪开，之所以特别提到了这一点，是它被剪开的位置，反常地偏下。一般人怕药水大量滴出，瓶尖部的口通常开得很细小。但这只眼药瓶，几乎是从瓶肩部被断开了，瓶颈缩得短短的，仅够套上瓶帽。

我看着渠枫，渠枫也看着我。很久很久，沉默如同黑色的幕布，遮挡着我们。终于，渠枫说，你为什么不问我？

我说，我在等你。

渠枫说，等我什么？

我说，你来找我，就是信任我。我等着你把你想要对我说的话，说出来。

渠枫又继续沉默。当我几乎不寄希望的时候，她突然说，好吧，我就把一切都告诉你。我爱上了申拜，一个并不高大但是很有内涵的男生。有同学说，依你的条件，可以找一个比申拜外形更酷的男孩，申拜矮了些。要知道，身高就是男人的性感喔！我说，我看重的是申拜的内在。注重男子的身高，是农耕社会和游牧民族的习气了，机械欠发达的时候，男人的力气就是他的资本，比如扛麻包挑担子什么的，当然是大个子占便宜。如今到了电子时代，经营决策、敲击电脑，都和身高无关。一个男人能不能给女人幸福，不在身高，在乎内里的质量。

朋友被我驳得两眼如同死鱼，干张着嘴，无话可说。申拜知道了我的观点，对我更是呵护有加体贴入微。他说，我是他交的第一个女朋友。我说，你也是我的……我们的感情很快进展到如胶似漆。一天，我约他到我家玩，父母正好同到外地出差。夜深了，他抱着我说，他忍不住了，想彻底全面地得到我。我急忙推开他的手，说，不……不能……

我看他退开，情绪很伤感，觉得我对他不信任，就急忙安慰他说，不是我不愿意，是我还没做好这个准备。下次吧，好吗?

他很尊重我，就让自己渐渐地平息下去了。那一天，我们好说好散了。

没想到他期待中的下次，竟那么快，就是第二天。也许是怕我父母很快就会回来，我们就不容易找到如此安全无干扰的地方了。又是我的小屋，又是子夜时分，我们聊着，却都有些心不在焉，在期待着什么，畏惧着什么，迎接着，又想躲避……

他突然拥着我说，今天，你准备好了吗?

我战战兢兢地回答，准备好了。

我把灯熄灭了。在黑暗中，我们脱掉所有衣服，把彼此还原成伊甸园中的模样。我躺在自己的小床上，看着窗外，觉得自己的床如此陌生，我就要在这张床上，变成申拜的新娘。我看到申拜被月光镀成青铜色的躯体，知道一个关键的时刻即将到来。

申拜的激情越来越蓬勃，我在昏眩中等待。就在箭即将离弦的时候，他突然抬起身体，说，渠枫，你说得对，我们还没有做好准备。既然我们要爱到地老天荒，为什么不能再等几个朝朝暮暮？我保存和尊重你的领土完整，直到婚礼之夜……

我拼命搂住他的身体，不让他离开我，声嘶力竭地叫道：不！申拜，你不能这样！不能！我要你！

但是，没用。申拜是一个自制力非常顽强的人，他一旦决定了，谁也无法更改。我于是绝望地看着他起身，拧亮电灯……于是，在明亮如昼的灯光之下，他看到了——在我的雪白的床单之上，有一片鲜红的血迹……

这是什么？他大吃一惊。

刚才，床单上还是什么都没有的啊……我干了什么？我什么都没干啊……

申拜惊愕地捶着自己的胸膛，我知道，在他的胸膛里，一颗纯洁的心正在粉碎。

他疯了似的抓住我，歇斯底里地喊道，这是你干的，是你！是不是？

我泪水凄迷地点了点头。这屋子里没有别人，不是我干的，又是谁干的?!

这就是你所说的要做的准备，对不对？你想伪装成一个处女，你作案的工具在哪里？在哪里？申拜的目光喷吐着蔑视的火焰，嘴唇哆嗦着。

我不说。我什么也不说，默默地穿上我的衣服。我看着申拜，如同路人。刚才，我们还在肌肤相亲啊！

申拜在我的房屋里疯狂地寻找，很快，他就在我的床下，找到了这只眼药瓶，里面还有几滴残存的血液。

申拜说，你是处女吗？

我说，我不是处女了。

申拜说，那个人是谁？

我说，是我以前谈过的一个男朋友。我不知道男人为什么要用性这种东西，让女人来证明自己的爱。我那时还小，我不知道说“No”。当我发现他不可信任的时候，我就离开了他。

申拜捏着这个眼药瓶说，这里面是你的血吗？

我哭了，说，不是。我没有办法把自己的血装进这个小瓶里。如果做得到，我愿用千倍百倍的血来证明我的爱。

申拜毫不为之所动，冷冷地追问，那这是谁的血？

我说，不是谁，是一只鸡。那只鸡是我杀的，它的尸体在垃圾桶里。

申拜说，想不到，你设计得这样周密啊！

我放声痛哭道，我不愿失去你！我知道你在意！我没办法，才想出这个主意。我本来想用现成的猪血豆腐，但那是凝固的，根本就不能流淌了。我后来到了菜场，我想跟人要点鳝鱼血，就说是为了治病，可我还是没法子把它装进小瓶里。后来，我买了一只活鸡。菜贩子说，小姑娘，我替你杀了吧，不多收钱。我说，不，我自己杀！

我从来没有杀过任何活物，包括一只螳螂或是蝴蝶。可是，为了我的爱情，一等回到家，我挥刀就把鸡头斩了下来。鸡血飙射一地，好像谋杀案的现场。我往一只碗里注了冷水，再加了点儿白醋，然后把鸡血控进去，拼命搅动。我从书上查到，这样血液就不会凝固了。然后我到街上买了几只眼药水。先是开口剪得太小，血好不容易吸进去但又挤不出来，总之很不顺畅。我想，熄灯后，留给我操作的时间不会太长，我得速战速决。后来我又把药瓶口子剪得太大了，瓶帽盖不住了。费了半天劲儿才弄得合适了。血吸进去后，一滴不漏。需要的时候，可以很快喷涌而出。一切都计算好了，只是没想到……

申拜双臂交叉，紧紧地抱住自己的肩膀，好像在狂风暴雨中。他冷笑道，你没想到什么？

我说，没想到你有如此坚强的毅力，没想到你那样地珍爱我……

申拜说，珍爱？只可惜，那是以前了。你伤害了我，什么就都不存在了。保存好你的秘密武器吧！

他说着，把这个眼药瓶扔到我床上，扬长而去。

从那以后，我无论打他多少电话，他一概不接。我堵着他，好不容易见到了，也没一个眼神……我太痛苦了，生命已没有价值……渠枫拼命撕扯着自己的头发，没有一点儿痛觉的模样，好像那是一堆破渔网。

我看着愁云惨淡的渠枫，再看看那个眼药瓶。药瓶如同一个杀了人的子弹壳，丑陋而污秽。我说，渠枫，你很后悔，你想挽回，你不知从何做起，对不对？

渠枫说，是啊，是啊。快教我怎样办。

我说，你先告诉我，你最伤申拜心的是什么？

渠枫说，他嫌我不再是处女。

我说，如果真是这个原因，此事已无可挽回。即便你做了修补手术，不似这次露馅，但他已心冷如铁，你无法修补他的记忆。

渠枫想想，又说，他嫌我欺骗他。

我说，一个不诚实的人，确实人见人怕。你怎样才能让申拜认为你从此痛改前非，开始真诚?

渠枫说，我找到他，把我的苦心和忏悔告知他。如果他能原谅我，我就和他重新开始；如果他不能原谅我，我也只好认命了。但是，以后，我若再交了男朋友，该如何解释自己不是处女?

我说，交友的双方，都可以保留自己的隐私，这无可厚非。只是你机关算尽，导演了一场闹剧，你企图伪造一个现实，这就是欺骗了。恋人之间，谎言注定会杀伤幸福。渠枫，你已经付出了两次惨痛的代价，但是你还没有得到代价之后的思索。真正的爱情必定是真诚基础上的建筑。

我爱我的性别

除极少数人以外，每个人都有一个明确的性别。这是一种先天的必然。不过，就像不是所有的人都接受他们的长相一样，很多人不爱自己的性别。

不爱自己的性别的人，是自卑的人，是不快乐的人，甚至——是悲惨的人。

细细分析，什么样的人最不爱自己的性别呢？也就是说，是男人不爱自己是男人，还是女人不爱自己是女人呢？

我想，不用做特别周密的调查就可以发现，在不喜欢自己性别的人群当中，女人占了大多数。

我也在其中。在过去很长的一段时间内，我不喜欢自己的性别。总在想，如果有可能的话，我愿意下辈子变成男人。

当然，我的决心还不够大。如果足够大的话，我可以去做变性手术，那么这辈子就可以变成男人了。

为什么不喜欢自己的性别呢？说来话长。在我还没有性别这个概念的时候，是无所谓喜欢还是不喜欢的，就像我们没有特别地喜欢还是不喜欢自己的手和脚。你喜欢也罢，不喜欢也罢，它都忠实地追随着你，默默无言地为你贡献着力量，你不能把它砍了剁了。如果不出意外，你得驮着它们到生命的尽头。

让我开始不喜欢我的性别的，是这个社会中的文化。它把一种弱者的荆棘之冠，戴到了女性的头上。你是一个女人，你就打上了先天的“红字”，无论你多么努力，都将堕入次等公民的行列。

在白雪皑皑的世界屋脊，我是一名用功的医生。一次，司令员病了，急需诊治。刚开始派去的都是男性，但不知是司令员的威仪吓坏了他们，还是高寒缺氧让病情复杂难愈，总之，疗效不显，司令员渐趋重笃。病榻上的将军火了，大发脾气道，还有没有像样的兵了？领导于是派我出这趟苦差。也许是病势沉重的司令员，在我眼里同一个瘦弱的老农没多大区别，手起针落，该怎么治就怎么治；也许是前头的治疗如同吃进了三个包子，轮到我这第四个包子的时候，幸运已然降临。总之，他渐渐地康复了。几天后，司令员终能勉强坐起，批阅文件调度军队了……深夜，他看着忙碌的我，突然长叹道，可惜啦！你是个女的。我说，女的有什么不好？司令员说，如果是个男的，我就提你当参谋。以后，兴许你能当上参谋长。可你是个女的，这就什么都瞎了……

那一刻，仿佛昆仑山万古不化的寒冰，崩入我心田。

我知道了有一种与生俱来的羞辱，从此将朝夕跟随于我。无辜的我，要背负着性别这个深渊般的负数，直到永远。无论怎样努力，它都将如魔鬼般地冲抵着成绩，让我自轻自侮。前面，是透明的气囊，阻滞我的步伐；上面，是透明的天花板，遮挡我飞翔……

后来，在漫长的岁月里，经过了痛苦的学习和反思，我才领悟到——我的性别是我不可分割的一部分，它无罪。

人类的性别，是人类的进化与分工，它是人类的骄傲。人为地将性别划分出高尚的和卑贱的区别，是一种偏见和愚昧。

女性，这一神圣的性别，和男性具有同样的思索与行动的能力。因此，她是平等和光荣的。她所具有的繁衍哺育后代的结构和职责，更使她辛劳和伟大。

我的性别，如同我的身体、我的大脑，我无条件地接纳它。

于是，我热爱我的性别。

母爱的级别

有人说，爱是与生俱来的。母爱是我们理解爱的最好的范本和老师。

我以为，错。爱是需要学习，需要钻研，需要切磋，需要反复实践，需要考验，需要总结经验，需要批评帮助，需要阅读，需要讨论，需要提高，需要顿悟……总之，需要一切手段的打磨和精耕细作的艺术。

与生俱来的只有动物的本能。人的爱，超越了血缘、种族、国界，它辽阔的翅膀抵达宇宙的疆界，这是地球上任何一种动物不可能天然辐射的领域。所以，爱不是如同瞳仁的颜色和身高的尺度，不是一串基因决定的先天，而是后天艰苦琢磨的成长之丹。

印度狼孩的故事，是一个动物母爱的典范之作。有时想，假如是一个人类的母亲，得到了一只狼的幼崽，将会怎样？一般情形下，怕是不会用乳汁哺育它长大的吧？这不但说明了母爱是盲目的，还说明如果单纯比较母爱的浓度，也许人还不如一只动物。有人会说，狼长大了，会咬人，谁敢喂它？那么，一只小鼠，就会有人类的母亲用乳汁哺育它吗？答案也基本上是否定的。

母爱并不是爱的高级阶段，因为它仅仅是人类的一种本能。人类的婴儿接受母爱，是被动和无意识的。从感知的那一方面来讲，母爱首先是物质的，是生存的必要条件。如果没有母亲的乳汁和精心呵护，小婴儿根本就无法生存。所以，母爱的早期阶段是分割界限不清晰的融合，它具有多方面付出的照料性质，高级阶段则升华为分离和精神的构建。世上有许多母亲，可以把属于动物本能的那一部分做得较好，就是可以完成对子女的衣食住行的补给维护，但是对高级部分，就是超越一己、博爱人类——从血缘分离弥散扩展到广博的爱，就未必能及格以至优秀了。

我们不时地听到某个母亲，因为孩子的学习成绩不好，竟把自己的亲生孩子殴打致死的事情。这是爱吗？很多人说这不是爱，因为他们本能地拒绝承认这是爱，在他们眼中，爱是纯正和没有任何杂质污染的，包括爱是不能有失误的。但我想说，假使让那位死去的孩子复活，问他或她，你的妈妈是否爱你，我想，他或她带着满身伤痕，也会说，妈妈爱……

因为母爱的初级阶段，就是如此盲目和自怜自恋的。她很可能不尊重孩子，难以清晰地界定孩子是另一个完整的独立的个体。她把自己的感受和期望，强加在一个与她完全不同的人身上，就会酿成悲剧。这不但是生理上的，还有更深的心理上的痕迹。我要说，很多成人的家庭不幸和性格缺憾，追溯起来，都和母爱只停留在地基阶段，未能完成向高级阶段的转化有关。单纯的低级的母爱，是泥沙俱下、糟粕与精华并存的原始状态。

在母爱的高级阶段，母亲要高屋建瓴地完成与孩子的分隔。她高度尊重生命的不同、个体之间的差异，帮助一个新的生命走向灿烂和辉煌。这种境界，即使是一个潜质优等的母亲，如果不经过修炼和学习，也是不容易天然达标的。如果将它比作一座关键的闸门，我们将忧虑地看到——无数的母亲被隔绝在门的这一边，只有少数优异的母亲，才能跨越这对她们自身也充满挑战的门槛，完成爱的本质的升华。

既然母爱里包含着如此分明和严格的界限，我们有什么理由坚持——母爱就一定是我们接受爱的完善楷模呢？

所以，我宁可说，爱是没有天造地设的老师的，爱又无法无师自通。爱很艰巨，爱要我们在时间中苦苦摸索。

盲人看

每逢下学的时候，附近的那所小学，就有稠厚的人群，糊在铁门前，好似风暴前的蚁穴。那是家长等着接各自的孩童回家。

在远离人群的地方，有个人，倚着毛白杨，悄无声地站着，从不张望校门口。直到有一个孩子飞快地跑过来，拉着他说，爸，咱们回家。他把左手交给孩子，右手拄起盲杖，一同横穿马路。

多年前，这盲人常蹲在路边，用二胡奏很哀伤的曲调。他技艺不好，琴也质劣，音符断断续续地抽噎，叫人听了只想快快远离。他面前盛着零碎钱的破罐头盒，永远看得到锈蚀的罐底。我偶尔放一点儿钱进去，也是堵着耳朵近前。

后来，他摆了一个小摊子，卖点儿手绢袜子什么的，生意很淡。一天晚上，我回家一下公共汽车，黑寂就包抄来。原来这一片突然停电，连路灯都灭了。只有电线杆旁，一束光柱如食指捅破星天。靠拢才见是那盲人打了手电，在卖蜡烛火柴，价钱很便宜。我赶紧买了一份，喜滋滋地觉着带回光明给亲人。

之后的某个白日，我又在路旁看到盲人，就气哼哼地走过去，说，你也不能趁着停电，发这种不义之财啊！那天你卖的蜡烛，算什么货色啊？蜡烛油四下流，烫了我的手。烛捻一点儿也不亮，小得像个萤火虫尾巴。

他愣愣地把塌陷的眼窝对着我，半天才说，对不住，我……不知道……蜡烛的光……该有多大。萤火虫的尾巴……是多亮。那天听说停电，就赶紧批了蜡烛来卖。我只知道……黑了，难受。

我呆住了。那个漆黑的夜晚，即便烛光如豆，还是比完全的黑暗，好了不知几多。一个盲人，在为明眼人操劳，我还不分青红皂白地指责他，我好悔。

后来，我很长时间没到他的摊子买东西。确信他把我的声音忘掉之后，有一天，我买了一堆杂物，然后放下了50块钱，对盲人说，不必找了。

我抱着那些东西，走了没几步，被他叫住了。大姐，你给我的是多少钱啊？

我说，是50元。

他说，我从来没拿过这么大的票子。

见他先是平着指肚，后是立起掌根，反复摩挲钞票的正反面，我说，这钱是真的。您放心。

他笑笑说，我从来没收到过假钱。谁要是欺负一个瞎子，他的心先就瞎了。我只是不能收您这么多的钱，我是在做买卖啊。

我知道自己又一次错了。

不知他在哪里学了按摩，经济上渐渐有了起色，从乡下找了一个盲目的姑娘，成了亲。一天，我到公园去，忽然看到他们夫妻相跟着，沿着花径在走。四周湖光山色美若仙境，我想，这对他们来讲，真是一种残酷。

闪过他们身旁的时候，听到盲夫有些炫耀地问，怎么样？我领你来这儿，景色不错呗？好好看看吧。

盲妻不服气地说，好像你看过似的？

盲夫很肯定地说，我看过。常来看的。

听一个盲人连连响亮地说出“看”这个词，叫人顿生悲凉，也觉出一些滑稽。

盲妻反唇相讥道，介绍人不是说你胎里瞎吗？啥时看到过这里的好景色呢？

盲夫说，别人用眼看，咱可以用心看，用耳朵看，用手看，用鼻子看……加起来一点儿不比别人少啊。

他说着，用手捉了妻子的指，沿着粗糙的树皮攀上去，停在一片极小的叶子上，说，你看到了吗？多老的树，芽子也是嫩的。

那一瞬，我凛然一惊。世上有很多东西，看了如同未看，我们眼在神不在。记住并真正懂得的东西，必得被心房茧住啊。

后来盲夫妇有了果实，一个瞳仁亮如秋水的男孩。他渐渐长大，上了小学，盲人便天天接送。

初起那孩童躲在盲人背后，跟着杖子走。慢慢胆子壮了，绿灯一亮，就跳着要越过去。父亲总是死死拽住他，用盲杖戳着柏油路说，让我再听听，近处没有车轮声，我们才可动……

终有一天，孩子对父亲讲，爸，我给你带路吧。他拉起父亲，东张西望，然后一蹦一跳地越过地上的斑马线。于是盲人第一次提起他的盲杖，跟着目光如炬的孩子，无所顾忌地前行，脚步抬得高高，轻捷如飞。

孩子越来越大了。当明眼人都不再接送这么高的孩子时，盲人依旧每天倚在校旁的杨树下，等待着。

比会见总统更重要的事

有一个男人叫阿尔，小儿子叫莎拉。莎拉要参加学校里的足球比赛，邀请爸爸当嘉宾。阿尔答应了孩子的要求，不想时间和他的工作安排有冲突。那天下午恰好需要他在办公地点会见一位来访的客人。怎么办呢？阿尔想了想，决定还是去学校观看足球比赛，同时工作也不能耽搁。阿尔把自己当成一粒跳棋子，精确地算出了球赛结束的时间，再加上从运动场驱车回到办公地点的时间，如同拉力赛，反推出了会晤开始的时刻。

足球比赛按时开始了，不料两队人马在规定时间内打成了平局。加时赛开始了，没想到又打成了平局，第二个加时赛又开始了。阿尔如坐针毡，工作和父爱撕扯着他。时间已刻不容缓，要想准时会见客人，他必须马上动身了。如果他继续探着脖子观看比赛，迟到就是板上钉钉的事，这是很大的失礼。更糟糕的是，这次比赛后轮到莎拉的父母给队员们分发点心，这对于孩子来说是非常重要非常荣耀的习俗，莎拉一直盼着这个时刻。阿尔煎熬了一番，最后决定留下来。当他把点心非常匆忙地发完，风驰电掣地赶到办公地点，访客已经等得太久了。阿尔道歉说明理由，客人也就释然了。他也是一位父亲，也有一个和莎拉差不多同样大小的孩子。

你看了这个故事，可能会说，是有点儿感动，可也没有什么大不了啊，无非是一个父亲把孩子摆在了工作前面。可是如果我告诉你，这个父亲当时是美国的副总统，名字叫作“阿尔·戈尔”，办公地点是在白宫，他要会见的那位客人是另外一个国家的总统，你是不是会惊奇？

不管你做何感想，反正我看到这个故事的时候，是大大地讶然加上茫然了。为了一个孩子的足球赛，居然把会见他国总统的时间向后延迟，这在我的观念里实在是难以想象的事情。我甚至思忖，也就是美国的副总统敢做这样的事情，因为他们有大国沙文主义，觉得别的国家的总统不如他的儿子重要。

但即使是到了这份可能是以小人之心度君子之腹的地步，我仍然被这个故事里强烈的情感因子所震撼。把孩子的尊严和快乐放到如此至高无上的地位，让我这样的父母很是汗颜。如果是我等，第一，在时间发生猛烈冲突的情形下，根本就不会答应去看孩子的足球赛。别说是这样的课外活动，恐怕就是孩子的家长会、毕业典礼也会为之让步。个人的事再大也是小事，国家的事再小也是大事，根本就不会挖空心思地计算出时间，以求两全其美。第二，就算是退上一万步，我等答应了去看孩子的足球赛，也会再三再四地像宣布一个恩赐那样对孩子说——我非常忙，所以不可能全程观看，只能到学校蜻蜓点水地走一趟，到此为止，你不要得寸进尺。估计我等的孩子也会乖乖地接受这个现实，绝不敢提出例如赛后发点心这样的非分之想。第三，就算是孩子提出了发点心的奢望，就算我们儿女情长脑子一热当时答应了下来，到了赛场上由于加时赛的变化，时间来不及了，我等一定会毫不犹豫地断然退席，扬长而去。第四，如果我等因此而迟到了，或许会找一个冠冕堂皇的理由，却无法坦诚相告是为了给儿子的朋友们分发点心，因为那似乎是一个难以拿上台面的尴尬理由……

我不知道以上的假设是否符合国情，但我敢说自己一定是会这样做的。我不会把孩子的尊严和快乐看得如此重要，我不知道这是对还是错。

从那个故事的结尾来看，戈尔副总统的迟到，似乎并没有给两国关系带来剑拔弩张的后果，那位总统表示理解了戈尔，因为他也有一个几乎同样大小的孩子。

我觉得这有点儿意味深长。其实，大多数人也许都能理解这件事，哪怕是我们没有正好同样大的孩子。我们都是从孩子走过来的，我们都还记得自己是怎样期待着父母的关注，如果能在公开的场合，能和自己的小伙伴们一道受到父母的重视，那是何等的快乐。基于这样的理由，成人能够接纳的东西，比我们想象的要多。

如果那天戈尔不去参加莎拉的足球比赛，如果戈尔半道上撤退，莎拉会怎么想呢？莎拉长大之后，如何看待这一天的遭遇？在无数乖张脆弱的成人衣裳里，往往包裹着一个受过心理创伤的孩子。幼年的无价值感，可以在几十年后沁出血珠。被忽视和被放弃的感觉，比一切我们所知的武器，更具有持久的杀伤力。

这个可怕的结论真是比会见总统还重要的事情。在成人的世界里，我们还可以解释，但是对于孩子，我们只有用行动来表达我们的爱和尊重。爱和尊重，是精神世界的总统。

婴孩有不出生的权利

假如我是一个婴孩，我有不出生的权利。世界，你可曾听到我在羊水中的呐喊？

如果我的父母还未成年，我不出生。你们自己还只是一个孩子，稚嫩的双肩可能负载另一个生命的重量？你们不可为了自己幼稚而冲动的短暂欢愉，将我不负责任地坠入尚未做好准备的人间。

如果我的父母只是萍水相逢，并非期待结成一个牢固的联盟，我不出生。你们的事，请你们自己协商解决，纵使万般无奈，苦果也要自己嚼咽。任何以为我的出生会让矛盾化解、关系重铸的幻想，都会让局面更加紊乱。请不要把我当成一个肉质的筹码，要挟另一方走入婚姻。

如果我的父母是为了权力和金钱走到一起，请不要让我出生。当权力像海水一样丧失，你们可以驾船远去，只有我孤零零地留在狰狞的礁石上飘零。对于这样的命运，我未出世已噤若寒蝉。当金钱因为种种原因不再闪光，你们可以回归贫困，但我需要最基本的生活条件。如果你们无法以自己的双手来保障我的生长，请不要让我出生。

假如我父母的结合没有法律的保障，我不出生。我并不是特别看重那张纸，但连一张纸都不肯交给我的父母，你们叫我如何信任？也许你们有无数的理由，也许你们觉得这是时髦和流行，但我因为幼小和无助，只固执地遵循一个古老的信条——如果你们爱我，请给我一个完整而巩固的家。我希望我的父母有责任感和爱心，我希望有温暖的屋檐和干燥的床。我希望能看到家人如花的笑颜，我希望能触到父母丝绸般的嘴唇和柔软的手指。

我的母亲，我严正地向你宣告——我有权得到肥沃的子宫和充沛的乳汁。如果你因为自己的大意甚至放纵，已经在我出生之前，把原本属于我的土地，让器械和病毒的野火烧过，将农田荼毒到贫瘠和荒凉，我拒绝在此地生根发芽。如果我不得不吸吮从硅胶缝隙中流淌出的乳汁，我很可能要三思而后行。

我的父亲，我严正地向你宣告——如果你有种种基因和遗传的病变，请你约束自己，不要存有任何侥幸和昏庸。人类是一个恢宏的整体，并非狭隘的传宗接代。如果你让我满身疾病地降临人间，那是你的愚蠢，更是我的悲凉。并非所有的出生都是幸福，也并非所有的隐藏都是怯懦。

我的祖父祖母外祖父外祖母，我要亲切地向你们表白。我知道你们的希冀，我也知道血浓于水的传说。我不能因为你们昏花的老眼，就模糊自己人生的目标。我应该比你们更强，这需要更多的和谐、更多的努力。不要把你们的种种未竟的幻想，五花八门地涂抹到我的出生计划书上。如果你们给予我太多不切实际的重压和溺爱，我情愿逃开你们这样的家庭。

我的父母，如果你们已经对自己的婚姻不抱期望，请不要让我出生。不要把我当成黏合的胶水，修补你们旷日持久的裂痕。我不是白雪，无法覆盖你们情感的尸身。你们无权讳疾忌医，推诿自己的病况，而把康复的希望强加在一个无言的婴孩身上。那是你们的无能，更是你们的无良。

我的父母，我并非不通情达理。你们也可能有失算和意外，我不要求永恒和十全十美。我不会嫌弃贫穷，只是不能容忍卑贱。我不会要求奢华，但需要最基本的生存条件。我渴望温暖，如果你们还在寒冷之中，就缓些让我受冻。我羡慕团圆，如果你们不曾走出分裂，就不要让我加入煎熬的大军。

我的父母，请记住我的忠告：我的出生不是我的选择，而是你们的选择。当你们在代替另外一条性命做出如此庄严神圣不可逆转的决定的时候，你们可有足够的远见卓识？你们可有足够的勇气和坚忍？你们可有足够的智慧和真诚？你们可有足够的力量和襟怀？你们可有足够的博爱和慈悲？你们可有足够的尊崇和敬畏？

如果你们有啊，我愿意走出混沌，九炼成丹，降为你们的儿女；如果你们未曾有，我愿意静静地等待，一如花蕊在等待开放；如果你们根本就无视我的呼声，以你们的强权胁迫我出生，那你们将受到天惩。那惩罚不是来自我—— 一个嗷嗷待哺的赤子，而是源自你们千疮百孔的身心。

孝心无价

听一位研究古文字的教授讲，“孝”这个字在甲骨文里的写法，是一个少年牵着一位老人的手，慢慢地在走。“孝”字从右上到左下那长长的一撇，便是老人飘荡的胡须……

不知这说法是否为史学家的定论，是否无懈可击，但它以一种恒远的温馨，包含着淡淡的苦楚沉淀我心，感到一种人类对自身生命的感怀，一种更为年轻的个体对即将逝去的年华无微不至的关顾与挽留。

“孝”是东方文化灿烂的遗产，但在我们这个国度里，身份却很有几分可疑。和它比肩的“忠”的地位，则要光辉伟大得多。国家、民族、政党、军队……都是需要“忠”的，而在“忠孝不能两全”这句话的阴影下，“孝”好像成了“忠”的对立面，冰炭不相容。

和“忠”比起来，“孝”的范围似乎比较窄。前者面对的是众人，后者大约只包含自己的家人。回顾中国的近代史，国家民族奋战的艰难历程，在浸透血与火的车辙里，难得有“孝”的位置。革命的先驱者从域外窃得种子，带回这块苦难的大地。他们是有知识的年轻人，之所以曾受到良好的教育享有文化底蕴，多半和富裕的家境不可分，但他们义无反顾地向父辈的剥削阵营开火了。在黑暗的日子里，他们一定经历了心灵的分裂与决斗，最终决定背叛自己的阶级。于是，在漫长的革命生涯中，他们缄口，不再谈“孝”。

参加革命的穷苦人，投了红军，当了八路，上了战场……他们走了，永不回头，但他们的父母留在饥寒交迫之中饱受欺凌压迫，许多人被敌人残酷地杀害了。革命者不会后悔自己的选择，只有战斗才有胜利，这是唯一正确的道路。但我相信生者在每年中秋，仰望圆圆的明月，低下头都会黯然神伤。尽管有无数的理由，尽管责任完全不在个人，但在潜意识里，他们永不为自己辩解，苛刻地认定自己不孝。于是，他们也拒不谈“孝”。

新中国成长起来的这一代人，在他们风华正茂的时候，开始了“文化大革命”。几乎每一个人都向自己的父母造过反。在青春勃发期关心国家大事的同时，意外地从家里找到了火山的爆发口，以自己的父母为第一目标，那时曾多么兴高采烈，遗下的却是永久的悔恨。待到狂潮退去，知识青年上山下乡，凄凉地告别父母，远赴边陲，有的是身不由己的流放感，再没了丝毫选择的余地。即使有谁想到了“父母在，不远游”，在那样的日子里，几乎相当于一句反动口号了。

后来他们返城，没有地方住，龟缩在父母的小屋里，给已经年迈的父母更添一份烦乱。不要说尽孝了，还要垂垂老矣的父母为自家操心不已。薪水低少，需要父母补贴；没有房子住，和父母挤在一起；无人做饭，父母就是当然的炊事员；孩子无人照管，父母就是最好的保姆……多少次悄悄接过父母接济的银钱，理智上惭愧，手心却跃跃欲试地潮湿。太多的贫困吞噬掉了儿女的自尊心，如果我们注定得接受馈赠，还是接受来自父母的施舍吧。在我们的内心深处，尚潜伏着一个善良坚定的愿望：爸爸妈妈，终有一天，一切都会好起来。我会将你们付给我的爱加倍地偿还，让我们一道期待那一天吧！

现在天下太平，人间和睦，世道安宁，人们可以大胆地言孝了。“孝”里当然有糟粕，有可笑以至可恨的迂腐气息，但其合理的内核却值得我们长久咀嚼。

我不喜欢一个苦孩子求学的故事。家庭十分困难，父亲逝去，弟妹嗷嗷待哺，可他大学毕业后，还要坚持读研究生，母亲只有去卖血……我以为那是一个自私的学子。求学的路很漫长，一生一世的事业，何必太在意几年蹉跎？况且这时间的分分秒秒都苦涩无比，需用母亲的鲜血灌溉！一个连母亲都无法挚爱的人，还能指望他会爱谁？把自己的利益放在至高无上位置的人，怎能成为为人类献身的大师？

我也不喜欢父母重病在床、断然离去的游子，无论你有多少理由。地球离了谁都照样转动，不必将个人的力量夸大到不可思议的程度。在一位老人行将就木的时候，将他对人世间最后的期冀斩断，以绝望之心在寂寞中远行，那是对生命的大不敬。

我相信每一个赤诚忠厚的孩子都曾在心底向父母许下“孝”的宏愿，相信来日方长，相信水到渠成，相信自己必有功成名就衣锦还乡的那一天，可以从容尽孝。

可惜人们忘了，忘了时间的残酷，忘了人生的短暂，忘了世上有永远无法报答的恩情，忘了生命本身有不堪一击的脆弱。

父母走了，带着对我们深深的挂念。父母走了，遗留给我们永无偿还的心债，你就永远无以言孝。

有一些事情，当我们年轻的时候，无法懂得；当我们懂得的时候，已不再年轻。世上有些东西可以弥补，有些东西永远无法弥补。

“孝”是稍纵即逝的眷恋，“孝”是无法重现的幸福，

“孝”是一失足成千古恨的往事，“孝”是生命与生命交接处的链条，一旦断裂，永远无法连接。

赶快为你的父母尽一份孝心。也许是一处豪宅，也许是一片砖瓦；也许是大洋彼岸的一只鸿雁，也许是近在咫尺的一个口信；也许是一顶纯黑的博士帽，也许是作业簿上的一个红五分；也许是一桌山珍海味，也许是一个野果一朵小花；也许是花团锦簇的盛世华衣，也许是一双洁净的旧鞋；也许是数以亿万计的金钱，也许只是含着体温的一枚硬币……

在“孝”的天平上，它们等值。

只是，天下的儿女们，一定要抓紧啊！趁你父母健在的光阴。

性的第一印象

社会节奏加快，人们将第一印象提升到了显赫位置，不像以往的农耕社会，有着“日久见人心”的悠然和从容。大学生的谋职面试，简直会在三五秒内的瞬间，就决定一只饭碗的取舍，更显出第一印象的窘急。见过一面的人，也许就此别过，永无再见的机会，第一印象就成了最后印象。也许心存好感，由此展开一段经济和情感的传奇，最终成了眷属也说不定。第一印象，生杀予夺。

记得有个小实验，将一个从来没有见过兔子的婴孩，和一只小白兔放在一起。小白兔当然是温顺的，可是当其露面的时候，实验人员就伴以嚣张的音响和恐怖的光芒，孩子吓得哭了起来。这样的情形一而再再而三之后，只要兔子一出现，不管有没有声响和光芒相随，孩子都十分惊慌。以致很久以后，孩子一旦看到小白兔的照片，还噤若寒蝉。

这就是第一印象的长远效应，难以涂改。

从前，一个人什么时候接触到性，基本上是在可以控制的范畴内。大凡有些章法的人家，都如千手观音，尽量遮挡着孩子的眼睛耳朵，“非礼勿视”“非礼勿听”。这种封闭加愚民的政策，应该说基本上是有效的。在罐头盒似的保护中，孩子们渐渐长大，懵懵懂懂地走入成年之列。

在江南古镇徜徉，一老妇人诡秘地牵住我说，到我屋里坐，有好东西给你看的。

跟随她到了狭窄的内室，老人家掏出一摞瓷片，说，我看你年纪也不小了，家里的孩子一定也大了。婚嫁的时候，当妈妈的是要送点儿贴己物给孩子的。你把我这东西买了去，等到女儿出门子，就压在她的箱子底，她一看就明白了。这是老辈子传下来的宝，乾隆年间的……

原来，那是烧在瓷器上的性交图谱，粗糙拙劣。我躬身而退。

这种古朴的法子，现在宣告失灵。资讯如此顺畅，媒体四通八达；电视机里婚恋节目老少通吃，更不消说孩子们可在互联网上纵横驰骋，黄色站点如同粘鸟的巨网，不舍昼夜地在那里猥亵地微笑着，守株待兔，请君入瓮。

性这个东西，属于本能。凡属本能的东西，都顽强而茁壮。要把一个奔突不止的泉眼纳入轨道，除了因势利导，别无他法。

人在什么情形下对“性”产生第一印象，这是一个重要而莫测的问题。如果没有深入的研究和细致的安排，就坠入听天由命随波逐流的窠臼。来自传统的遮掩和回避，躲闪和忌讳，都使我们今天在面对这一问题的时候，借鉴甚少，踌躇甚多。

如果我们的孩子是在仓促中、紧张中、慌乱中、阴暗中，从一个自己不信任不爱戴不尊崇不熟悉的人那里，得知这一重大课题的第一印象，岂不错愕不止惊骇莫名？

如果这第一印象是不全面不科学不美好不安全的，扭曲的变形的阴暗的恐怖的第一印象，是否会将阴影涂布他的一生？

关于性的第一印象，需在爱和科学的掌控之中。我在美国听到一个慈善组织说，他们认为最迟在六岁就要对孩子们开始进行周密的性教育。我参观了他们的课堂和教具，其准确和形象让我这个当过医生的人叹服。

我不知道有没有针对中国儿童的研究，也不知道这个年限究竟以几岁为宜。我期待——一定要让孩子们在阳光下获得性的知识，要由一位他们爱戴的长辈，用温暖的语调讲出，让他们看到美丽的色彩，同时听到快乐的音乐……希望这种相辅相成铸造的关于性的第一印象，让性的溪水欢畅地流向归宿，那就是——海洋般宽广的爱。

莺鸟与铁星

在南太平洋的岛屿中，飞翔着一种有着动听鸣叫声的美丽小鸟，叫作莺鸟，它们长着形色各异的喙。岛屿上物产丰富的日子，莺鸟们靠吃多种草籽为生，活得优哉游哉。但是，饥馑来了。干旱袭击了岛屿，整个大地好像是刚刚凝固的炽热火山，赤红的土地，看不到一丝绿色。科学家找到一些从前研究过的莺鸟，它们的腿上拴着铁环。观测结果，发现莺鸟们的体重大减，挣扎在死亡线上。

原因是食物奇缺，能吃的都吃光了，唯一剩下的是一种叫作“蒺藜”的草籽，它浑身是锋利的硬刺，锐不可当。在深深的内核里隐藏的种仁，好像美味的巧克力封死在铁匣中。蒺藜还有一个名字叫作“铁星”，象征着难以攻克。拉丁文的意思是“挤压和疼痛”。

莺鸟用自己柔弱的喙，啄开一粒铁星，先要把它顶在地上，又咬又扭，然后顶住岩石，上喙发力，下喙挤压，直到精疲力竭才能把外壳拧掉，吃到活命粮草。

岛上开始了残酷的生存之战。没有刀光剑影，唯一的声音就是嗑碎蒺藜的噼啪声。很多莺鸟饿死了，有些顽强地生存下来。科学家们想，生和死的区别在哪里呢？

经过详尽研究，喙长11毫米的莺鸟，就能够嗑开铁星，而喙长10.5毫米的莺鸟，就望“星”兴叹，无论如何也叩不开生命森严的大门。

0.5毫米之差，就决定了莺鸟的生死存亡。在丰衣足食的时候，一切都被温柔地遮盖了，但月亮并不总是圆的，事物的规律跌宕起伏。

我猜想，那些饿死的莺鸟在最后时分，倘能思索，一定万分后悔自己为什么没能生就一枚长长的利喙！短喙的莺鸟，是天生的，它们遭到了大自然无情的淘汰。但人类的喙——我们思维的强度，历练的经验，广博的智慧，强健的体力，合作的风采，幽默的神韵……却是可以在日复一日的积累中，渐渐地磨炼增长，成为我们渡过困厄的支柱。

仇人的显微镜

人的一生，会听到很多评价和意见，你不想听也不行。意见的来源，是个有趣的问题。

说到意见的来源，最简单的可以分成两大类。一大类来自爱你的人，因为希望你进步，希望你好，希望你幸福，所以他们会指出你的不足。通常我们对这类意见，要么是重视过度，要么是过度地不重视。前者是因为亲人在我们眼中就是人间的上帝，句句是真理。后者也因为和凡间的上帝相处得太久了，反倒觉得老生常谈，把它当成了耳旁风。还有一大类意见，来自恨你的人。我说的这个“恨”，不是血海深仇，不是国恨家仇。在此文中，它统指对你印象不好的人，和你不对付的人，和你有过节巴望着你倒霉的人。按时下年轻人的话讲，就是和你相克，也许是血型不符，也许是星座不合。那些和你暗中戗着茬儿的龌龊人，恕我简称为你的“仇人”。

对待仇人的意见，有一句很经典的话，叫作“走自己的路，让别人说去吧”。这虽是一剂良药，但缺点是起效较慢。很多人试验过这法子，有时好几个月甚至好几年之后，才能渐渐在想起仇人们的冷语时，心境淡然。还有一个前提——你已经找到了一条路，正在走着，方向感明确，有主心骨，步履轻快，说这话的时候底气才较充足。倘若正在彷徨和苦闷中，雨雾迷蒙，路还不知在何方，或者干脆在路边崴了脚或被野兽啃伤了，伤口流着血，那这句经典就稍嫌隔靴搔痒，有点儿近似精神胜利法了。

面对仇人的攻伐，如何是好？

仇人的话，杀伤力之所以大，是因为那其中常常是有几分真实的。完全的谎话，其实倒并不可怕，因为除了极为弱智的人，一般都可识破。古语说“谣言止于智者”，现在资讯发达，人也吃了很多深海鱼油，智者可能比古时还要多些，所以对完全胡说八道的东西倒不必太过担心。如果仇人的话，是完全的真实，我看是应该感激的，请你低下自己的头。这不是认输或是领认了侮辱，而是真心实意地表达对真实的敬畏。只要他说得对，不必介意他的人品，只需看重他的意见。仇人的真知灼见，也许会让你因此得到终生受用的教诲，他在无意中就送了一个大礼给你，他就成了你的恩人。这就是很多人常常说的，我最感激的是那些侮辱攻击放弃我的人，他们让我懂得了如何做人，才有了今天的成就云云……每逢我听到这种话，总觉得略微矫情了些。我不会感谢那些本来想侮辱我的人，他们不应该因为仇视和狭隘受到感激。仇恨和狭隘，常常是可以置人于死地的，你没有死，是因为你救了自己。你应该感谢的只有一个人，那就是你自己啊！

即使你从仇人喷涌而来的污泥浊水中，荡涤出了金砂，你也可以依然保持你的仇恨，如同保持你脊骨的硬度，但这并不妨碍你思忖他的意见。因为只有仇人，才会深深研究你的要害。因为他恨你，所以他就时刻盯着你，对你观察得格外细致，思索得格外刻毒。试想一下，如果我们用显微镜看事物，那普天之下，就没有一处洁净的地方了，到处都是繁殖的细菌，蠕动的螨虫……

然而，依然有阳光。

你的仇人，就是瞄准你的显微镜。

书包划破之后

儿子小的时候，我的工作是医生。

医院里的夜班，从下午4点值到第二天早上8点，要是夜里恰赶上抢救病人或是来了重患者，就会彻夜不得合眼，精神和体力都非常疲劳。但也会有整整一夜，并无复杂的病人来就诊，顶多不过是些感冒肠炎，很快就可以完成诊断和治疗。遇到这样的日子，下班后休息的那个白天，就可以做一些平日想做而没有时间做的事，好像凭空多了一天假日。

但这种概率很小，多数医生都是忙碌一夜，清晨脸色惨白地回家，所以都不愿上夜班。

我常常和别人换了夜班来值。人家问我为什么，我总是一笑说，夜里清静，可以看书。

这当然也是一个理由，但更强大真实的理由是——第二天休息的日子，我可以领着孩子到公园游玩或是去展览会参观啦！

也许有人会说，不是有星期天吗？那时再去玩，不是也很好？我不喜欢星期天出门，因为人太多了。你到公园里，从买门票开始就得排队，到儿童乐园又得排队……无数宝贵的时间被耗费了。到博物馆就更惨了，不是看展品，简直就是观摩各式各样的服装和人脸。

平常的日子，人要少得多。你会觉得天空是那样蓝，风景是那样优美。特别是有些特殊的博物馆，比如某某名人故居、某个出土文物的展览，清风徐徐，静寂肃穆，游人寥寥，连服务人员也格外和气。美丽的建筑好像是专为等候你的参观而矗立在那里，携着儿子的小手，缓缓地浏览，轻声地为尚未识字的他读着说明文字，真是精神上的绝好享受。

这种设计的风险是——假若那天夜里十分忙碌，下班的时候基本上精疲力竭。但因事先有了约定，儿子已在幼儿园请好了假，望眼欲穿地等着我领他出去，箭在弦上，不得不发。我纵是彻夜未眠，也须精神抖擞地陪着孩子玩一天。

先生劝我何必把自己搞得这样辛苦，你无法预测这个夜班是平安还是忙得一塌糊涂。

我对先生说，谢谢你的好意，但我实在没有勇气对一个热望着的孩子说——我们改期。好在我的夜班并不是连续的，辛苦一点儿，也不会影响后面的工作。只要我自己能够坚持，对他人并无妨碍。

先生说，想不通你为什么要这样争分夺秒？孩子又不是一个马上要起爆的炸药包，早一天或是晚一天看一个展览，有什么大区别？

我说，孩子长大的速度也许比炸药还要快。我想让他早一点儿接受人类最美好的那些精神遗产，让它们像养料一样，融进孩子的大脑。

每当我不在家睡觉的日子（因为到医院去值夜班），儿子就会很高兴。因为他知道，明天妈妈会领他到一个好玩好看的精彩地方。这规律几乎雷打不动。儿子小的时候，我几乎领他走遍了北京所有的参观场所。有一次，同一位很有威望的博物馆专家聊天，他夸奖我对博物馆的了解比一般人要深入得多。

也有出纰漏的时候。

那一夜，记得是抢救一位垂危的病人，殚精竭虑。下班回到家，脚下好像踩着棉花糖。真渴望脑袋把枕头砸出一个坑，死一般地睡过去。但看着儿子贮满希望的眼睛，我说，出发！到公园去！

在公共汽车站等车的时候，我摇摇欲坠。狠狠捏了自己一把，我突然清醒地发现儿子又长大了，应该要教给他新的本领了。

我对他说，要是我们在公园走散了，你怎么办呢？

他说，我就给你们打电话。

我说，这当然也是一个办法，但更好的办法是自己买一张汽车票，像老马一样跑回家。

他说，可是我没有买票的钱啊。

我说，我这就给你一点儿钱，足够你买车票，还够你吃一个面包喝一瓶汽水。

儿子对我的建议很感兴趣，把钱很仔细地藏在自己的小裤兜里，然后和我离得很远，恨不得现在就与我走丢，以实现独自回家的尝试。

公共汽车来了，挤得非凡。我怕他人伤了孩子，就用身体护着他，别的什么都顾不上了。

总算平安地到了目的地，但是我随即发现了悲惨的情况：书包被人用刀片划了个大口子，钱包没了。

一个同车的老婆婆对我说，你怎么能在等车的时候，从包里往外掏钱呢？贼眼就把你惦记上了。我当时就想，可能要招贼，果不其然啊……

我谢了老婆婆的教诲，和儿子站在马路边，一时不知下一步该干什么。

妈妈，你不必发愁，我这里有咱们回家的路费呀。儿子拍拍他的小裤兜。

我开颜一笑，说，路费的事，不必着急。回家的时候，我把割破的书包让售票员阿姨看一下，我们就可以不买票了。

儿子说，那多不好意思啊。我们还有钱，还是买票吧。

我说，好吧，就听你的。但遇到特殊情况，善于争取别人的帮助也很重要。我现在想的是咱们今天到哪里去玩。

真得感谢我这个人平时有乱放东西的习惯，在书包的犄角旮旯里，搜出了些许零钱。但清点之后，又很失望。它够我们买公园的门票，却无法支付玩游艺机和参观其他展览另须购票的费用。也就是说，如果我们按原计划逛公园的话，只能在公园的长椅上闭着眼睛度过一天。

这对一个小马驹样的孩子，自然不宜。

依我的本意，多么希望就此打道回府，美美地睡一觉啊。但是，不可。我的孩子注视着我的一言一行，特别是今天发生了丢钱的事，他会格外在意我如何处置。

我张望着，思考着。突然看到一张海报，心里有了主意。

我们去看环幕电影吧？我们都没看过这种电影，长长见识怎么样？剩下的钱刚好够买两张电影票的。我说。

好啊！妈妈！儿子快乐至极，他小小的心里一直害怕会取消今天的节目。

我清仓挖潜，凑够了电影票钱。走进黑沉沉的环幕电影院时，唯一的念头是趁机打个瞌睡。可惜四壁被银幕包绕，竟是没有座位的。加之影片很是惊险，观众惊叫不止，让人根本无法合眼。

出了影院，阳光刺得人睁不开眼。我对儿子说，因为妈妈的疏忽，今天原定的计划无法实施了。我们已到弹尽粮绝的地步，再没有钱了，回家休整吧？

儿子懂事地说，好吧。

我不敢说自己算是一个好母亲，只知道自己已经尽力。

后来我在儿子的作文《难忘的一天》里，看到了他对幼年时这次经历的回忆。

他写道，通过这一天，我记住了不要在公共场合翻看钱包，那样容易丢失。如果有了困难，可以争取别人的帮助，只要讲清情况，大多数人是通情达理的，但是我更喜欢依靠自己的力量解决问题。我只看过这一次环幕电影，它并不很好看，比较没意思，但我还是很珍惜。因为那一天妈妈下了夜班领我出去玩，她很累，我们又丢了钱。但妈妈一点儿都不慌张，她使我懂得了遇事要镇定……

人生有三件事
不可俭省

无论世界变得如何奢华，我还是喜欢俭省。这已经变得和金钱没有很密切的关系，只是一个习惯了。我这样说，实在是因为俭省的机会其实很廉价，俯拾即是遍地滋生。比如不论牙膏管子多么丰满，但你只能在牙刷毛上挤出两厘米左右的膏条，而不是一尺长。因为你用不了那么多，你不能把自己的嘴巴变成螃蟹聚会的洞穴。再比如无论你坐拥多少橱柜的衣服，当暑气蒸人的时候，你只能穿一件纯棉的T恤衫。如果把貂皮大衣捂在身上，轻则长满红肿热痛的痱毒，重了就会中暑倒地一命呜呼。俭省比奢华要容易得多，是偷懒人的好伴侣——用最直截了当的方式和最小的花费直抵目标。

然而，有三件事你不能俭省。

第一件事是学习。学习是需要费用的，就算圣人孔子，答疑解惑也要收干肉为礼。学习费用支出的时候，和买卖其他货物略有不同。你不知道究竟能得到多少知识，这不单决定于老师的水平，也决定于你自己的状态。这在某种情况下就有点儿隔山买牛的味道了，甚至比买股票的风险还大。谁也不能保证你在付出了学费之后一定能考上大学，你只能先期投入。机遇是牵着婚纱的小童，如果你不学习，新娘就永远不会出现在你人生的殿堂。

第二件事是旅游。每个人出生的时候都是蝌蚪，长大了都变作井底之蛙。这不是你的过错，只是你的局限，但你要想法弥补。要了解世界，必须到远方去。旅游是需要花钱的，谁都知道。旅游的好处却不是一眼就能看到的，常常需要日积月累潜移默化地蓄积。有人以为旅游只是照一些相片买一些小小的工艺品，其实不然。旅行让我们的身体感悟到不同的风和水，我们的头脑也在不同风情的滋养下变得机敏和多彩。目光因此老辣，谈吐因此谦逊。

第三件事是锻炼身体。古代的人没有专门锻炼身体的习惯，饥一顿饱一顿全无赘肉。生存的需要逼得他们不停地奔跑狩猎，闲暇的时候就装神弄鬼，在岩壁上凿画，在篝火边跳舞，都不是轻体力劳动，积攒不下多余的卡路里。社会进步了，物质丰富了，用不完的热量成了我们挥之不去的负担。于是要人为地在机器上跋涉，在充满氯气的池子里浮沉，在人造的雪花和冰面上打滚，在矫揉造作的水泥峭壁上攀爬……这真是愚蠢的奢侈啊，可我们没有办法，只有不间断地投入金钱，操练贫瘠的肌肉和骨骼，以保持最起码的力量和最基本的敏捷。

有没有省钱的方法呢？其实也是有的。把人生当作课堂，向一切人学习，就省了上学的钱；徒步到远方去，就省了旅游的钱；不用任何健身器械，就在家里踢毽子高抬腿做广播体操……就省了健身的钱。

然而，这也是“破费”，因为我们付出了时间。

重剑无锋

有一天，接到一封信，看了之后，觉得很有意思。对于这样的信，常常不知道该怎样回，拖着，就更不知道如何回了。这封信，因为有很严格的时间界限，害得我马上就提笔回复。写完之后，很是踌躇，不知道面对这份信任，自己是否说得妥当？录在这里，期待着听到不同的意见。

毕老师：

您好！

请教您一个问题，我希望您的答案能够与众不同。不要那么俗套地让我忍，我已经忍无可忍了；也不要说些个大而无当的话，那不解决我的具体问题。现在的局面是，我马上就要采取行动了，计划就定在下个星期一刚上班的时候。对了，说了这么半天，您还不清楚我的问题是什么，让我细细道来。我的主管是一个没多少能力的人，可他很虚伪，特别会来事，上上下下都被他哄骗了，只有我看得出他的野心。我的计划是公开揭露他一下。先把一杯残茶泼到地上，吸引整个办公室人员的注意力，然后开始慷慨激昂地一吐为快。您觉得我的计划可行吗？还有什么补充意见？

杜　力

杜力：

你好！

看了你的信，第一个感觉是碰到了一位现代侠客。侠客的显著特色之一就是“路见不平拔刀相助”。看来你的上司主管并没有针锋相对地虐待过你，你说他特别会来事，想必他也能看出你不是一个等闲人物，对你也会安抚有加的。你的正义感和洞察力都令人钦佩，你想揭露他，是为了让大家彻底地认识这个人，而不是出于一己的私怨。我对于你要在写字楼里揭竿而起的勇气表示钦佩。

只是在具体的行动方针上，我有几点建议。首先，人是理性的动物，你要采取这样一个举动，目的到底是什么呢？是为了公司的发展，还是为了社会风气的整肃？是为了匡扶正义，还是为了一出心中的恶气？也许你还有很多的出发点，这就只有你自己最清楚了。我有一个小小的推论——你不会是为了表示“众人皆醉我独醒”的超群智慧吧？

在人的众多欲望中，追求卓越是根本的出发点之一。这本无可厚非，但有的时候，我们会在它的指引下，采取鲁莽和过激的行动。所以，当你有时被非常强烈的冲动驱使着想做一件事的时候，不妨喝上一杯冰镇的冷水（其功效和用冷水浇头的力量差不多，只是在写字楼里，喝冰水是可以接受的。但用冷水浇头，落汤鸡似的出现在办公桌前，就有点儿不伦不类了）。然后安静地想一想，追问一下自己的目的究竟是什么，只有目标搞清楚了，你才会找出最相宜的处理方法啊。比如你是不忍心看到主管的行为给公司的根本利益带来损失，你可以直接和更高一级的领导对话，坦诚地谈出自己的看法，当然你要言之有据，不可以只是感情用事地把主管的人品贬斥一番就万事大吉了。还要动之以情晓之以理，因为按照常理，公司的高层比你要更加关心公司的发展和前景，理由很简单，他们的薪水比你高，和公司的利益更加息息相关。

再有一点就是你要把自己的底线搞清楚。你的选择是会带来后果的，你现在有选择的自由，但你也要做好准备为自己的选择付出相应的代价。你说大家都被你的主管蒙骗住了，这样在某种程度上，你还是比较孤立的，算得上是一个独行侠了。如果你的行为得不到大多数人的理解，你又和主管的关系搞得很僵，从上到下的舆论可能就会一边倒，不是接受你，而更多的是主管在得分了。那样的话，很可能你就要面临被炒鱿鱼的后果，对这样的结局，你可有足够的心理准备？如果你打算破釜沉舟在此一搏，当然可以披荆斩棘昂首向前；如果你还没有做好最坏的准备，就要考虑得更缜密周全一些。

对于你把残茶泼在地上，然后慷慨激昂地一吐为快的方案，我基本上可以同意后半部分（如果你已忍无可忍的话），而对前半部分持斟酌态度。我不知道你们的办公室地面是花岗岩还是木地板，但不管是何种材料，泼上带有枯枝败叶的褐色汁水，都是一番污浊景象。一不留神，可能还会摔个大马趴。义无反顾时不一定要把水泼到地上，当然我明白这是你在做一个宣言，表示自己覆水难收的决心，但真正的勇敢其实不在声音的大小和举动的决绝，而更在于坚守原则的执着。

还有一种可能的办法，我有点儿吃不准说出来你会不会骂我。既然你如此相信我，我也就开诚布公了。那就是其实你也可以和主管做一个交流。反正你已经做好了破釜沉舟的准备，为什么不可以和这个肇事的源头来个当面锣、对面鼓地敲打一番呢？有的时候，最危险的地方往往也是最安全的。你说主管讨好任何人，表面上看起来群众基础很牢固，其实内心很可能是自卑而且虚弱的，只有虚弱的人，才特别热衷于讨好他人。面对一个虚弱而八面玲珑的人，最好的策略是开诚布公和勇敢。你可以把自己的要求和希望说清楚，看看他是不是会有所转变。最起码也要让他知道，你已洞若观火，请他洁身自好，保持限度。我不敢打包票说一定会有效果，但你若有兴趣，不妨历练一下。比起残茶泼地，这种处理方法可能对你的考验和挑战更大一些，结局也可能更出人意料。古代有句话，叫作“重剑无锋”。侠客，你可愿一试？

毕淑敏

当我们想家的时候

常常想家。

当我们想家的时候，其实是想起了母亲；当我们想起母亲的时候，其实是想起了无边无际云蒸霞蔚的爱；当我们想起爱的时候，其实是想起了如天宇般宽广淳厚的温暖和一种伟大神圣的责任；当我们想起责任的时候，其实是在宁静致远地思索人生的真谛和生命的尊严。

世上没有关于“家”的节日，好在有一个“母亲节”，让我们飘荡的心有所附丽。每年这一天，人们心心相印地隆重纪念这个民间节日，感念一种饱含沧桑的爱。

最初发起为母亲设定一个节日的人，定是一位成年的男人或是女人。太小的孩子，我以为是无法理解母爱的。婴儿热爱的涌起，更多的是源于一种生命本能的驱动。孩子从母亲那里，得到最初的食物和衣着，看到世上第一张欢颜，听到人间第一句笑语……小小的心，像一只薄而透明的钵，盛满了乳色的爱，悄悄涟漪着。以孩子的智力，必认为这些都是上天无缘无故倾倒的玉液琼浆，是与生俱来的赠品。

作为施与的一方，母爱有时也是“本能”，以致是“盲目”“愚蠢”的代名词。母爱单纯也复杂，清澈也浑浊，博大也狭窄，无偿也有偿。体验这种以血为缘的爱，感知它的厚重深远，纪念它的无私无畏，弘扬它的旗幡，播撒它的甘霖，需要灵敏的悟力和细腻的柔情。世人只知给予艰难，其实接受也非易事，需要虚怀若谷的智慧。只有容纳得多，才有可能付出得多。对于早年无爱的生命来说，就像没有河溪汇入的干涸之库，无法想见会在旱魃猖獗时有泉眼喷涌。

母亲于是成了一种象征。

她是低垂的五谷，她是无尽的蚕丝，她是冬天的羽毛和夏天的流萤；她是河岸的绿柳依依，她是麦田的白雪皑皑；她是永不熄灭的炉火，她是不肯降下毫厘的期望标杆；她是成绩单上的一枚签名，她是风雨中代人受过的老墙；她是记忆中永恒的年轻剪影，她是飓风中水波不兴无可撼动的风眼。

母爱并不仅仅从生育这一生理过程中得来，她是心灵的产物而不是子宫的产物。生育只是母爱的土壤，它可以贫瘠也可以富饶，可以繁衍灵芝也可滋生稗草。

我愿把人类那种最崇高的挚爱之结晶，无论来自男女，统称为母爱。母爱如盐。盐主要来自大海，母爱最主要的蕴含地，当然是母亲了。但世上还有湖盐、井盐、岩盐、池盐……母爱并不是母亲的专利，它是人类所有最美好最无私最博大的爱的总命名。比如未生育的女子，也会富含母爱，像医家泰斗林巧稚大夫，她的双手，便是摆渡万婴安达人世的慈航。在人类的发展史上，更有无数志士仁人，把无边的爱意和关怀倾注于人寰。那爱的纯正灼热，至今散发着炙烤肺腑的力度，促人们警醒，激人们向前。

无论我们是男人还是女人，成人还是少年，我们都曾欢欣地接受过母爱，我们也都可以成为辐射母爱的源泉。

伤亡于家庭

大千世界，伤亡多矣。有死在炮火下的，比如今日的科索沃；有死在权力场上的，比如宫廷政变；有死在金钱堆里的，比如波光诡谲的商战阴谋；有死在脂粉欢场中的，比如艾滋病……不知你是否注意到，使我们遍体鳞伤的场所，更多的是发生于家庭。

在那种战云密布的家庭里，没有箭戟硝烟，但绝不乏刀光剑影。看不见的伤口在流血，看不见的内伤在悸痛。日复一日的擦痕渐渐累积为镂骨的深壑，终有一瞬胸膛断成尖锐的两截。彼此以伤及对方为快意，看他人伤痛会带来狭邪的喜悦。也许正因为当初相知甚深，了如指掌，所以一旦反目为仇时，那讥讽就格外尖刻，那嘲弄就格外有力，那刺杀的穴位就格外精准，那致命的一击就格外凶猛……

受伤于家庭的人，我估计一定多过死于原子弹爆炸的人，只是人们通常缄默。那原因或是不愿意说，或是不敢说，或是不知道怎样说。伤于战场是勇敢，死于情场是痴迷，而家庭的伤亡，难以察觉，无法启齿。那痛楚而怪异的感觉，好似被一条柔软的丝索紧扼喉头，虽然越来越感到窒息，但哽噎吐出，只怕他人不懂，得到的便是羞辱。于是无数的人，默默咀嚼着，要么选择继续持久地被伤害，要么名存实亡地敷衍着家庭，甚至犯下罪行。

当我们从法制刊物形形色色案件的披露中，得知发生在家庭的种种血案，才蓦然发觉，家庭致伤如此惨重。

于是我们震惊。震惊之余我们宽慰着自己，以为那只是万一和偶然。但随着越来越多的不幸进入我们的视野，我们不得不痛心地承认，家庭中的伤亡俯拾即是。

人们因为爱，走进家庭。当我们四目相对结为一体的时候，在洁白的婚纱下，新人并不完美，彼此带着旧时的痼疾。那些由于历史的原因，久已附着在我们血液中的病毒，并不因婚姻的缔结而有所收敛。在新的环境下，它们伺机复发，阴谋一逞。家庭并不是具有奇特功能的天然矿泉，不管什么病，只要一跳进这盆滚烫的汤池里，便霍然痊愈。更别说倘若那婚姻的结合，原本就有同病相怜的前提，由于病症相似，病毒更有了协同发作的机遇。

家是两双手共同续进柴薪的一盘暖炕，只有不间断地投入，才会有恒久的温馨。

可惜很多人不懂。他们对家庭寄予太多不切实际的幻想，以为家有魔法，可以自生自长，点石成金。他们打算不必进行艰苦的自我改善，只靠从对方身上源源不断地索取能量，就会达至幸福。

当家庭中生长出获取大于奉献的稗草时，家庭的伤害就已经萌生。

被汲取的一方，感到失望和削弱。他们由不自觉到自觉地开始拒绝和反抗，选择躲避或是反击。

汲取的一方，由于感到被抛弃和冷漠，开始更大力度地依附和摄取。他们或是撒娇或是要挟，或是疏离或是紧紧粘连。

在家庭的战争中，绝没有永远的胜者。家庭原本就是共同的疆土，你刺伤对手的同时，弹片也溅满自身，伤口汩汩流血。在家庭战争中，绝不存在着根本的弱者。当你得知一个孱弱的家庭妇女，由于发觉了大权在握的丈夫有了第三者，愤而挥斧斩夫，自己也被处以极刑的时候，你能说在这场家庭的生死搏杀中，谁胜谁负？谁弱谁强？有的只是两败俱伤，家庭化为齑粉。

更为令人焦灼万分的是，在家庭之战中，注定有一个永远的伤者，那就是孩子。

有多少不和睦的家庭，当无望处置种种纠纷和矛盾的时候，不负责的男女主角，会生出一个愚蠢的念头——生个孩子出来试试吧。也许靠这个啼哭的小婴儿，可以平衡分裂的气氛，弥补破裂的感情，让家庭发生一个意想不到的转折。

可惜，几乎百分之百的结局是，奇迹没有出现，发生的只是悲剧。

一个婴儿的诞生，会带来更多繁杂的事务，家庭经济会更趋紧张，夫妇相聚的时间会更为削减，精神上的压力更显沉重，各方面的负担更呈增加。于是无数企图靠孩子来增进婚姻的家庭，堕入了更不良的循环。这一次，卷进泥潭的将不仅是两个不成熟的成人，更有了一个嗷嗷待哺的婴儿。

在家庭战火中生长的孩子，普遍缺乏安全感，日夜像受了惊吓的小兔。他们高敏感低自尊，一颗幼小稚嫩的心，感受到的不是家庭的温暖，而是无尽的惊恐和动荡。在父母的争执和威吓中长大，愁苦和忧伤写满幼小的额头。他们冷漠孤独，桀骜不驯。既然亲生的父母都不珍惜他们的来临，他们找不到生存的价值和意义。从小在夹缝和脸色中讨生活的经验，使他们尴尬和怨愤。长大之后，他们缺乏爱的能力，眼光多阴郁游移，心胸多狭窄悲怆。在因家庭受伤的孩子中，也许不乏高超的智商，但注定缺少由衷的微笑和与人为善的襟怀。

于是家庭的伤害就成了一种带有遗传性质的恶疾，不但害了一代，更害了后代。

纵观人类的发展，建造和平的家庭，必是持久的工程。我猜想那些没有墓碑的家庭伤亡者，一定在冰冷的地下，用喑哑的声音告诫世人：请包扎我们的伤口，它们依旧折磨得我们痛不欲生；请收起家中的武器，它绝不会带给你幸福；请记住我们最后的忠告——家庭应是阳光下的果园，每一颗果子都充满香甜。

适度撒谎

千万不要说谎。所有的大人们都这样说。

但这实际上就是一句谎话。几乎所有的人在他一生的某些时候都曾说过谎，谎言就像毒药，有的时候非用不可。

如果笼统地说不能撒谎，有人就会在暗地里偷偷地笑，因为这实际上是做不到的。就连列宁那样的革命导师，小的时候打碎了花瓶都不承认，可见这真是人类普遍的弱点。

那么，怎么将撒谎的危害减少到最小呢？这就好比说抽烟，抽烟自然是不对的，但全地球的人都在抽，生活在现在的人们，就在大力提倡无烟环境的同时，也生产加长过滤嘴和减毒的香烟，使吸烟的弊病小一点儿。

既然完全不说谎几乎是做不到的，我们就应把说谎局限在一个狭小的范围内。就好像世上有个谎言国，如果我们万不得已要在其中穿行，千万不要越过危险的界碑。

怎么掌握这个界限呢？

我觉得必要的撒谎首先是要为了一个善良的目的。比如我当过许多年的医生，有的病人得了不治之症，但他们还是非常想活下去。他们常常拉着我的手问，您说我的病还治得好吗？大夫！我总是毫不迟疑地告诉他：能治好！一定能治好！这就是善良的谎言。

但有一个小朋友考试成绩不好，他就对父母撒谎，胡说一个好成绩或者干脆不告诉家长。你问他为什么要这样做，他说是怕爸爸妈妈生气。这应该说是一种善良的瞎话。可不知他们往深处想了没有。学习成绩不好，自己没本事赶上去，藏着掖着，就越落越远。这不是等于把匕首扎得更深，在更大程度上伤了父母的心吗？你说你这话到底是善意还是恶意呢？

善意和恶意的谎言的界限并不是那么容易分得清的。有的事，你瞒得了一时，瞒不了一世。从长远看，一般的情况是晚说不如早说，实事求是最简单。所以你要是把握不住善意和恶意的界限，还是说实话的好。

第二个界限是适度的谎言必须没有恶劣的后果。换句通俗的话说就是这个谎话无伤大雅。比如一个啰唆的朋友打电话来，重要事说完了，还没完没了。我又不好意思打断她，就说，哎呀，对不起，我马上要出去办个事，今天就谈到这儿好吗？对方就很体贴地把话筒放下了。这是不是谎言？当然是的。但我想它没有什么不好的结果，既节省了时间，大家又都有个台阶下，所以这个谎是可以说的。这种推辞的话，有的时候被称为委婉。委婉其实就是一种适度的谎言。

适度谎言的最后一条原则——它必须是为了维持人的自尊心而说。考察人们一般说谎的动机，许多时候都是为了保存自己的脸面。这是可以理解的。俗话说，人有脸树有皮嘛！与其在众人面前被强烈地践踏了自尊，搞得长久抬不起头来，不如暂且不吐露事实的真相，维持形象的完整。当然这绝不是原谅自己的缺点错误，而是要在人群背后，痛下决心，深刻地检讨自己的所作所为，从此再不犯同样的过失。这说起来容易，其实挺难的。因为没有人监督，很容易又走上老路。假如你没有足够的自制力，没法保证自己能暗暗地改正错误，还是公开承认的好，这样虽说暂时丢了面子，从长远看，还是有益的。最怕的是自己没有勇气承认，又没毅力改正，就会越滑越远。

我们谈论了一个非常敏感的话题。我的本意绝不是倡导大家都来说谎，或是说谎言无害。不，谎言是非常有害的。它会使我们的良心背上惨重的负担，从此失去天真快乐；它会带来意想不到的灾难，把我们推进黑暗的深渊。你要记住，在所有能够说真话的时候，请你一定说真话。在万不得已说假话的时候，你必须担保它没有恶劣的后果。假如它涉及你的过失，你在维护了自己尊严的同时，一定要永不再犯。

人的一生像一次艰苦的航行，谎言国几乎是必经的黑海洋。操起你的双桨，勇敢而有策略地穿过去，千万不要在风浪里翻了你的小船。做一个诚实谦虚知错就改的人，你就有希望到达金色的彼岸。

谁毁灭谁?

我很爱看小孩子玩电子游戏，看他们沉浸在想象与参与的快乐中，星眼圆睁，十指联动，小小的身体在椅子上左右腾挪，俨然一场恢宏战役的领袖。

我的侄子才12岁，已在市里的计算机比赛中多次获奖，他很乐意在电子游戏方面做我的启蒙老师，讲解起有关知识，态度和蔼，诲人不倦。

有一天我看到他玩游戏，屏幕上不时红光灿烂，花瓣状的绯红，像原子弹的蘑菇烟云，弥漫整个视野……我不由赞叹道，好漂亮的玫瑰花啊！

啥？玫瑰花？

小侄子不屑地对我撇嘴，悲悯我的少见多怪。

那不是花，是喷溅出来的人血，是我用电锯锯出来的，好过瘾，好开心啊……恰逢屏幕上血光冲天，小侄子乐得手舞足蹈起来。

我心一沉，随手拖来一把椅子，坐在侄子身边，看他如醉如痴地玩这款名为“毁灭战士”的游戏。

那游戏的内涵并不复杂，只是无穷无尽的巷道，不时从隐蔽处窜出面目朦胧的“敌人”，你只需利用手中的武器，将对方消灭即可。武器有许多种，比如冲锋枪、激光炮、炸药包等等。依我的粗浅观察，威力都比电锯要强大，尤其适合远距离作战。但小侄子对传统的锯子情有独钟，当游戏刚开始，尚未找到电锯装备自己时，他急得抓耳挠腮，犹如没有寻着金箍棒的孙猴头。一旦电锯到手，便高举此宝，所向披靡地冲杀过去，遗下一路血泊。

我不解，问，那么多的厉害兵器，你为什么废弃百家，独尊电锯?

战斗正值酣处，小侄子来不及细答，激动地抛给我几个字：电锯痛快!

我穷追不舍，缠着要他详作说明，小侄子叹了一口气说，你这个婶婶啊，怎么这么笨！用激光炮射死一个人和用电锯把人卸成八块，那痛快劲能一样吗?

我大骇，逼他把事情讲得更明白些。小侄子只好忍痛割爱，暂停游戏，调出几幅图像，与我现身说法。

喏，婶婶，你看这是用激光杀人，手指头这么一按，轰的一声，敌人就化成一团烟，什么都没有了。虽说你能继续向前，可是多没意思啊!

用电锯那就大不一样了。它喀喀一响，风一样地锯过去，你就觉得自己特威风，特带劲儿，特有成就感，过瘾极了……小侄子连说带比画，调出一帧图像：一排肉铺挂猪头的钢钩上，颤巍巍悬挂着些支离破碎的物件。

这是什么？我老眼昏花，一时看不清楚，问道。

这就是用电锯锯开的人啊！喏，这是一条大腿，这边是半截胳膊，最右侧挂的是人肚子下的半截……小侄子沉着地以光标为笔，在屏幕上流利地滑动着，耐心地为我讲解。

我用手术刀解剖过许多真正的尸体，但这一瞬，我在模拟得并不非常真切的图像面前，战栗不止。

你用电锯把它们杀死，可它们究竟是谁？我问小侄子。

它们到底是谁，那要看我玩游戏时的心情了。侄子到底是小孩，并未发现我的恐惧与震怒，依旧兴趣盎然地说下去：要是那天老师批评了我，我用电锯杀人时想的对面就是老师；要是同学跟我吵架，我想杀的就是同学；要是我想买一个东西，我妈不给我买，我就假装对方是我妈；要是我爸因为我考试成绩不好，不给我卷子上签字，我就把电锯对准他……婶婶，你怎么啦？脸色为什么这么难看？侄子不知所措地停止了传授。

责任不在他。我竭力控制住情绪，力求音色平稳地说，就因为这么丁点儿小事，你就起了用电锯杀人的心吗？

小侄子愣了一下，突然笑起来说，这个游戏就叫“毁灭战士”，它的规矩就是看到什么就毁灭什么，毁灭就是一切，不需要什么理由啊!

面对着这样的逻辑，喉咙有一种被黑手扼住的窒息感觉。小侄子是个乖巧的孩子，见我神色大变，半天不说话，就关了计算机，哄我道，婶婶不愿听我说杀老师杀爸爸妈妈的话，下次我用电锯时，不想着他们就是了。再杀的时候，我就把它当成一个外星人好啦!

呜呼!

面对小侄子那清澈如水晶的双眸，我真的悲哀已极。外星人与我们何仇？当另一时空的高级智慧生物，冲破千难万险，到达我们这颗蔚蓝色的星球时，迎接它们的将是地球人自己灌输的无比敌意，这是科学的悲哀还是人性的悲哀？当人类用最先进的科技将自己最优秀的儿女送往太空的时候，可曾设想到在宇宙的彼岸，等待他们的将是鲜血淋漓的杀戮？

当然，游戏毕竟不是真实。但游戏是儿童精神的食粮和体操，它潜移默化循序渐进的力量，绝不可忽视。将残暴的杀人裂尸化为屏幕下淡然的一笑，让孩子在游戏的过程中轻而易举地完成毁灭世界的欲望，播种无缘无故的仇恨，收获残忍与猎杀他人的快乐……这在幼童，是被迫的无知和愚昧；在成人，是主动的野蛮和罪孽！

我对小侄子说，把这盘《毁灭战士》给婶婶，好吗？

他吃惊道：婶婶要它做什么？莫非也要做一把“毁灭战士”？

我说，我要把“毁灭战士”毁灭掉。

小侄子道，为什么？

我说，因为“毁灭战士”里，没有对这个世界的爱。

从六岁开始

和北京一所中学的女生座谈。席间，一位女孩子很神秘地问，您是作家，能告诉我们“强暴”究竟是怎样一回事吗？

她说完这话，眼巴巴地看着我。她的同学，另外五六位花季少女，同样眼巴巴地看着我。说，我们没来之前，在教室里就悄悄商量好了，我们想问问您，这究竟是怎么一回事？

我微笑着反问她们，你们为什么想知道这个词的意思？

女孩子们七嘴八舌地说，随着我们的年纪渐渐长大，家长啊老师啊，都不停地说，你们要小心啊，要保护好自己的身体，千万不要出什么意外。在电影里小说里，也常常有这样的故事，一个女孩子被人强暴了，然后她就不想活下去了，非常痛苦。总之，“强暴”，是一件非常可怕的事情，但是，没有人把这件事同我们说清楚。我们很想知道，我们又不好意思问。今天，我们一起来，就是想问问您这件事。请您不要把我们当成坏女孩。

我说，谢谢你们对我的信任。我绝不会把你们当成坏女孩。正相反，我觉得你们是好女孩，不但是好女孩，还是聪明的女孩。因为这样一个和你们休戚相关的问题，你们不明白，就要把它问清楚，这就是科学的态度。如果不问，稀里糊涂的，尽管有很多人告诫你们要注意，可是你们根本就不知道那是怎样一回事，从何谈起注意的事项呢？好吧，在我谈出自己对“强暴”这个词的解释之前，我想知道你们对它的了解到底有多少。

女孩子们互相看了看，彼此用眼神鼓励着，说起来。

一个说，它肯定是在夜里发生的事。

第二个说，发生的时候周围一定很黑。

第三个说，很可能是在胡同的拐角处发生。

第四个说，有一个男人，很凶的样子，可是脸是看不清的。

第五个说，他会用暴力，把我打晕……

说到这里，大家安静下来，或者更准确地说，一种隐隐的恐怖笼罩了我们。我说，还有什么呢？

女孩子们齐声说，都晕过去了，还有什么呢？没有了。所有的小说和电影到了这里，就没有了。

我说，好吧，就算你晕过去了，可是只要你没有死掉，你就会活过来。那时，又会怎样？

女孩子们说，等醒来的时候，已经是在医院里了，有洁白的床单，有医生和护士，还有滴滴答答的吊瓶。

我说，就这些了？

女孩子们说，就这些了。这就是我们对于“强暴”一词的所有理解。

我说，我还想再问一下，对那个看不清面目的男人，你们还有什么想法？

女孩子们说，他是一个民工的模样，穿得破破烂烂的，很脏，年纪30多岁。

我说，孩子们，我要说，你们对这个词的理解，还远不够全面。发生强暴的地点，不仅仅是在胡同的拐弯处，有可能在任何地方。比如公园，比如郊外，甚至可以在学校甚至你邻居的家，最可怕的，是可能在你自己的家里。强暴者，不单可能是一个青年或是中年的陌生人，比如民工，也有可能是你的熟人、亲戚，甚至师长，在最极端的情况下，也可能是你的亲人。“强暴”的本身含义，是有人违反你的意志，用暴力强迫你同他发生性的关系，这是非常危险的事件。强暴发生之时和之后，你并非一定会晕过去，你可能很清醒，你要尽最大的能力把他对你的伤害减少，保全生命，你还要在尽可能的情况下，记住罪犯的特征……

女孩子们听得聚精会神，把我可紧张得够呛。因为题目猝不及防，我对自己的回答毫无把握。我不知道自己解释得对不对，分寸感好不好，心中忐忑不安。

后来，我同该中学的校长说，我很希望校方能请一位这方面的专家，同女孩子们好好谈一谈，不是讲课，那样太呆板了。要用生动活泼的形式，教给女孩子们必要的知识，使她们既不是人人自危草木皆兵，也不是稀里糊涂一片懵懂。

我记得校长很认真地听取了我的意见，然后不动声色地看了我半天，闹得我有点儿发毛，怀疑自己是不是说得很愚蠢或有越俎代庖的嫌疑。

停顿了一会儿之后，校长一字一句地说，您以为我们不想找到这样的老师吗？我们想，太想了。可是，我们找不到。因为这个题目很难讲，特别是讲得分寸适当，更是难上加难。如果毕老师能够接受我们的邀请，为我们的孩子们讲这样的一课，我这个当校长的就太高兴太感谢了。

我慌得两只手一起摇晃着说，不行不行，我讲不了！

后来，这件事就不了了之了。

在美国纽约访问。走进华尔街一座豪华的建筑，机构名称叫作“女孩”。身穿美丽的粉红色中国丝绸的珍斯坦夫人，接待了我们。她的颈上围着一条同样美丽的扎染头巾，她说，我们这个机构，是专门为女孩子的教育而设立的。因为据我们的研究报告证实，女孩子自卑的比例，是百分之百。

我说，百分之百？这个数字真令人震惊。都自卑？连一个例外都没有吗？

珍斯坦夫人说，是的，是这样的。这不是她们的过错，是社会文化和舆论造成的。所以，我们要向女孩子们进行教育，让她们意识到自己的价值。

在简单的介绍之后，她很快步入正题，晃着金色的头发说，对女孩子的性教育，要从六岁开始。

我吃了一惊，六岁？是不是太小啦？我们的孩子在这个年纪，只会玩橡皮泥，如何张口同她们谈神秘的性？

还没等我把心中的疑问吐出口，珍斯坦夫人说，六岁是一个界限。这个年龄的孩子，还不知性为何物，除了好奇，并不觉得羞涩。她们是纯洁和宁静的，可以坦然地接受有关性的启蒙。错过了，如同橡树错过了春天，要花很大的气力弥补，或许终生也补不起来。

我点头，频频地，觉得她说得很有道理。但是，究竟怎样同一双双瞳仁如蝌蚪般清澈的眼睛，用她们能听得懂的语言谈性？我不知道。我说，东方人讲究含蓄，使我们在这个话题上，会遇到更多的挑战和困难。不知道你们在实施女性早期性教育方面，有哪些成功的经验抑或奇思妙想？

珍斯坦夫人说，哦，我们除了课本之外，还有一个神奇的布娃娃。女孩子看到这个娃娃之后，她们就明白了自己的身体。

我说，可否让我认识一下这个神通广大的娃娃？

珍斯坦夫人笑了，说，我不能将这个娃娃送给你，她的售价是80美金。

我飞快地心算，觉得自己虽不饱满的钱包，还能挤出把这个负有使命的娃娃领回家的路费。我说，能否卖给我一个娃娃？我的国家需要她。

珍斯坦夫人说，我看出了你的诚意，我很想把娃娃卖给你。可是，我不能。因为这是我们的知识产权。你不可仅仅用金钱就得到这个娃娃，你需要出资参加我们的培训，得到相关的证书和执照，你才有资格带走这个娃娃。

她说得很坚决，遍体的丝绸都随着语调的起伏簌簌作响。

我明白她说的意思，可是我还是不死心。我说，我既然不能买，也不能看到这个娃娃，但是我可不可以得到她的一张照片？

珍斯坦夫人迟疑了一下，说，好的。我可以给你一张复印件。

那是一张模糊的图片。有很多女孩子围在一起，戴着口罩（我无端地认定那口罩是蓝色的，可能是在黑白的图片上，它的色泽是一种浅淡的中庸）。她们的眼睛探究地睁得很大，如同嗷嗷待哺的小猫头鹰。头部全都俯向一张手术台样的桌子，桌子上是千呼万唤始出来的布娃娃——她和真人一般大，躺着，神色温和而坦然。她穿着很时尚华美的衣服，发型也是流行和精致的。总之，她是一个和围观她的女孩一般年纪一般打扮，能够使她们产生高度认同感的布娃娃。老实说，称她布娃娃也不是很贴切。从她颇有光泽的脸庞和裸露的臂膀上，可断定构成她肌肤的材料为高质量的塑胶。

围观女孩的视线，聚焦在娃娃的腹部。娃娃的腹部是打开的，如同一间琳琅满目的商店。里面储藏着肝脏、肺管、心房，还有惟妙惟肖的子宫和卵巢。自然，还有逼真的下体。

非常感谢珍斯坦夫人，我得到了一张娃娃被人围观照片的复印件。离开了华尔街，后来又回国。我虽然没有高质量的仿真塑胶，但我很想为我们的女孩制造出一个娃娃。期待着有一天，能用这具娃娃，同我们的女孩轻松而认真地探讨性。思前想后，我同一位做裁缝的朋友商量，希望她答应为我定做一个娃娃。

听了我详细的解说并看了图片之后，她嘲笑说，用布做一个真人大小的娃娃？亏你想得出！

我说，不是简单的真人大小，而是和听众的年纪一般大。如果是六岁的孩子听我讲课，你就做成六岁大。如果是16岁，就要做成16岁那样大，比如身高一米六……

朋友说，天啊，那得费我多少布料？你若是哪天给少年体校女排女篮的孩子们讲课，我就得做一个一米八的大布娃娃了！

我说，我会付你成本和工钱的。你总不会要到827块钱（当天的100美元对人民币汇率）一个吧？

朋友说，材料用什么好呢？我是用青色的泡泡纱做两扇肺，还是用粉红的灯芯绒做一颗心？

我推着她的肩膀说，那就是你的事了。为了中国的女孩们，请回去好好想，尽快动手做吧！

『想也没想』可不行

我小时候，学过一个歌谣，开头两句是这样的："蛤蟆和青蛙，本是亲哥俩。不幸同患传染病，浑身长满大疙瘩……"

这个歌谣后面说的是，青蛙和蛤蟆找到了啄木鸟医生（这个医生的身份挺古怪的。要说啄木鸟会给树木看病，还可成立。但说能给动物看病，就有点儿勉强了。好了，暂时不去管它行医的资历了，反正是医生来了）。穿着白大褂的啄木鸟，诊疗之后给难兄难弟开出一剂汤药，味道很苦很苦。蛤蟆大哥一尝，"噗"的就把药汤喷出去了，大叫道，我可不受这个罪。说罢，一个猛子扎到池水中凉快去了。青蛙弟弟很乖，皱着眉头（青蛙有眉毛吗？）把苦药汤咕嘟咕嘟咽了下去……过了一段时间，青蛙身上的脓疮痊愈了，只遗下片片淡绿色的小伤痕，讳疾忌医的蛤蟆可就惨了，一身疮疥，人见人烦。

歌谣的教诲意义挺明显的，那就是鼓励小孩子得了病后按时吃药，"良药苦口利于病"的古训，再一次得到弘扬。

我会背这个歌谣以后，内心却很有一点儿不以为然，想，患有慢性皮肤病的癞蛤蟆，形象够吓人的没的说，但是，治愈后的青蛙模样就好吗？眼珠凸起没有脖子，皮肤又凉又黏又滑，也是可怕。看来，吃不吃药，后果虽然差一点点，也未见有大区别。

题外的话说了这许多，主旨意思是，我很同情《青蛙王子》童话中的女主人公——小公主。觉得她对青蛙的害怕，实在是事出有因，言之有理。而且，我觉得青蛙王子不仗义，有点儿乘人之危。

本来嘛，他为小公主帮忙，就算不是完全无偿的英雄行为，要计报酬，也该明码标价，让小公主好好考虑一下这件事的利弊，有一个思索的时间、权衡的机会，在金球的得失和自己的承诺之间做一个选择。

再说青蛙王子的要求，不是一下子就提出来的，采取的是步步为营，诱敌深入的策略。

不妨回忆一下那个过程。青蛙刚开始只是说："告诉我，你遇到了什么困难，让我帮助你。"一副见义勇为的样子。当小公主告诉他金球掉到井里以后，他说："这还不简单，我跳到井底，把它咬出来就好了。"当小公主要他具体地实施这一计划的时候，他摇摇头，笑着说："我找到球后，你要怎么谢我？"

注意啊，关键的时刻到了。小公主想也没想，就回答："不管你要什么，我都答应你。"

于是，青蛙跳到井底，很快把球找到。当小公主要拿球的时候，他说："我要和你做朋友，和你生活在一起，无论你做任何事，我都要和你在一起……"

小公主的悲剧从此开始了。

当然有人会说，《青蛙王子》本身就是一个关于"一诺千金"的故事。你要么不要答应人家，答应了，就要风雨无阻赴汤蹈火地去践约。在故事中，老国王正是这样要求小公主的。当小公主表示不想和青蛙做朋友的时候，老人家很不高兴，语重心长地说："做人一定要守信用，你既然答应了青蛙先生的要求，就不能不守信用，快去开门吧……"

故事的结尾，丑陋的青蛙变成了英俊的菩提国王子，并且说："虽然小公主脾气不好，但她有仁心又守信用，所以我愿意娶她为妻子。"结局是小公主坐着纯金和宝石打造的马车，和青蛙王子结婚了。

看到了吧，大团圆的辉煌光环，全是因为完成了承诺。

这个结尾好不好呢？好人终有好报，当然好了。但我却总觉得有一个不祥的地方，要提请大家注意。这就是小公主的"想也没想"。做一个小孩子，是很容易想也没想的。但世上有些事情，是要很好地想想的。设想，你为了一个金球，就把自己一生的幸福押了上去，因为你有了一个承诺，所以，你不能翻悔。你翻悔了，就是品质不良，连你的父亲都不能原谅你，这是多么莫测的命运，这是多么严重的惩罚啊！

幸好这只青蛙是王子变的，要永远是一只普通的青蛙呢？小公主就要天天晚上和冰凉的两栖动物睡在一起，吃饭的时候，看着青蛙的口水把盘子打湿，这是多么烦心苦恼的事情！若是小公主知道了她的金球是要付出这样惨痛的代价才能得到的话，我猜她就是再喜欢金球，也宁可让它沉在井底睡大觉了。

我甚至想，做了菩提国王后的小公主，也许会在某个半夜吓得醒来，摸一摸身边躺着的是青蛙还是王子？

总而言之，我虽然同情被施了魔法的王子，但觉得他用某种小恩惠让小公主就范，取得承诺，涉嫌不公平交易，有不够光明正大的嫌疑。从童话中看，那个给王子施魔法的巫婆，只是要求有一位肯和青蛙在一个盘子里吃饭、在一张床上睡觉的少女，魔法就能破除，并没有说不能把底细说出来。王子不如秉实相告，让小公主有一个选择的机会。行就行，不行也不强求。

凡事要多想一想，不要只贪图眼前的小利。承诺当然是很重要的，但也非一锤定音，万劫不复。如果自己的看法有了改变，认真思考之后，也可以修正。总之一句话——小朋友们，注意啊，该想的时候，一定要想！

柱子的弹性

有一个故事，说的是一根柱子，一根三百年前的柱子。那根柱子很坚固，支撑着一座宏伟的大厅。那座大厅很大，大到修建的时候，没有人相信一根柱子就能支撑起沉重的穹顶。年轻的建筑师用了种种的科学方程式，来证实他的这根柱子是何等牢靠和坚固，足够使用。但是，人们虽然不能反对他的公式，却可以反对由他来担任这座市政大厅的总设计师。

年轻的设计师面临着一个选择。如果他坚持他的设计，那么，他的设计就永远停留在纸上了。如果他变更他的设计，那么人们就看不到这根独撑穹顶的柱子了。设计师沉吟再三，修改了他的图纸，又添加了四根柱子。人们对这个更加稳妥的设计拍手叫好，据此建起了壮丽的大厦。

很多年过去了。年轻的设计师变成了墓碑，大地震袭击了城市。很多建筑都倒塌了。唯有具有五根柱子的市政大厅依然巍峨耸立。人们说，幸亏有五根柱子啊！

终于到了维修的时刻。人们惊讶地发现，除了最早设计的那根独撑天下的柱子，其余的四根柱子，距离穹顶都有一个窄窄的间隙。也就是说，它们并不承接穹顶的重量，只是美丽的摆设。

于是人们惊叹这匪夷所思的设计，给予设计者以排山倒海的赞美，但回答他们的只是墓草的摇曳。

设计师没有收获生前的称誉，但他收获了一根柱子。设计师是可以怒发冲冠一走了之的，但为了他的柱子的诞生，他妥协和避让了。设计师是可以在事成之后，即刻就公布他的计谋的，但为了他的柱子无可辩驳的质地，他保持了缄默。设计师是可以在一份遗嘱或是一部著作中，表达他的先见和果敢的，但为了他的柱子的荣誉，他不再贪恋丝毫的浮华。设计师为了他的柱子，隐没在历史的尘埃之中。

这是一根有弹性的柱子。他的设计者把自己的性格赋予了它，于是柱子比设计师活得更长久。

幸福是个哑巴

初逢一女子，憔悴如故纸。她无穷尽地向我抱怨着生活的不公，刚开始我还有点儿不以为然，但很快就沉入她洪水般的哀伤之中了。你不得不承认，在这个世界上，有些人就是特别倒霉，女人尤多。灾难好似一群鲨鱼，闻到某人伤口的血腥之后，就成群结队而来，肆意啄食他的血肉，直到将那人的灵魂嘬成一架白骨。

从刚开始，我就知道自己这辈子不会有好运气的。她说。

我惊讶地发现，在一片暗淡的叙述中，唯有说这句话的时候，她的脸上显出生动甚至有一点儿得意的神色。

你如何得知的呢？我问。

我小时候，一个道士说过——这小姑娘面相不好，一辈子没好运的。我牢牢地记住了这句话。当我找对象的时候，一个很出色的小伙儿爱上了我。我想，我会有这么好的运气吗？没有的。就匆匆忙忙地嫁了一个酒鬼，他长得很丑，我以为，一个长相丑恶的人，应该多一些爱心，该对我好。但霉运从此开始。

我说，你为什么不相信自己会有好运气呢？

她固执地说，那个道士说过的……

我说，或许，不是厄运在追逐着你，是你在制造着它。当幸福向你伸出银指的时候，你把自己的手掌，藏在背后了，你不敢和幸福击掌。但是，厄运向你一眨眼，你就迫不及待地迎了上去。看来，不是道士预言了你，而是你的不自信，引发了灾难。

她看着自己的手，摩挲着它，迟疑地说，我曾经有过幸福的机会吗？

我无言。有些人残酷地拒绝了幸福，还愤愤地抱怨着，认为祥云从未卷过他的天空。

幸福很矜持。遭逢的时候，它不会夸张地和我们提前打招呼；离开的时候，也不会为自己说明和申辩。

幸福是个哑巴。

回家去问妈妈

那一年游敦煌回来，兴奋地同妈妈谈起戈壁的黄沙和祁连的雪峰。说到在丝绸之路上僻远的安西，哈密瓜汁甜得能把嘴唇粘在一起……

安西！多么遥远的地方！我在那里体验到莫名其妙的感动。除了我，咱们家谁也没有到过那里！我得意地大叫。

一直安静地听我说话的妈妈，淡淡地插了一句：在你不到半岁的时候，我就怀抱着你，走过安西。

我大吃一惊，从未听妈妈谈过这段往事。

妈妈说，你生在新疆，长在北京。难道你是飞来的不成？以前我一说起带你赶路的事情，你就嫌烦。说知道啦，别再啰唆啦。

我说，我以为你是坐火车来的，一件司空见惯的事情。

妈妈依旧淡淡地说，那时候哪有火车？从星星峡经柳园到兰州，我每天抱着你，天不亮就爬上装货卡车的大厢板，在戈壁滩上颠呀颠，半夜才到有人烟的地方。你脏得像个泥巴娃娃，几盆水也洗不出本色……

我静静地倾听妈妈的描述，才知道我在幼年时曾带给母亲那样的艰难，才知道发生在安西的感动源远流长。

我突然意识到，在我和最亲近的母亲之间，潜伏着无数盲点。

我们总觉得已经成人，母亲只是一间古老的旧房。她给我们的童年以遮蔽，但不会再提供新的风景。我们急切地投身外面的世界，寻找自我的价值。全神贯注地倾听上司的评论，字斟句酌地印证众人的口碑，反复咀嚼朋友随口吐露的一滴印象，甚至会为恋人一颦一笑的含义彻夜思索……我们极其在意世人对我们的看法，因为世界上最困难的事莫过于认识自己。

我们恰恰忘了，当我们环视整个世界的时候，有一双微微眯起的眼睛，始终在背后凝视着我们。

那是妈妈的眼睛啊!

我们幼年的顽皮，我们成长的艰辛，我们与生俱来的弱点，我们异于常人的禀赋……我们从小到大最详尽的档案，我们每一次失败与成功的记录，都贮存在母亲宁静的眼睛里。

她是世界上第一个认识我们的人。我们何时长第一颗牙？我们何时说第一句话？我们何时跌倒了不再哭泣？我们何时骄傲地昂起了头颅？往事像长久不曾加洗的旧底片，虽然暗淡却清晰地存放在母亲的脑海中，期待着我们将它放大。

所有的妈妈都那么乐意向我们提起我们小时的事情，她们的眼睛在那一瞬露水般年轻。我们是她们制造的精品，她们像手艺精湛的老艺人，不厌其烦地描绘打磨我们的每一个过程。

我们厌烦了，我们觉得幼年的自己是一件半成品，更愿以光润明亮、色彩鲜艳、包装精美的成年姿态，出现在众人面前。

于是，我们不客气地对妈妈说：老提那些过去的事，烦不烦呀？别说了，好不好？

从此，母亲就真的噤了声，不再提起往事。有时候，她会像抛上岸的鱼，突然张开嘴，急速地扇动着气流……她想起了什么，但她终于什么也没有说，干燥地合上了嘴唇。我们熟悉了她的这种姿势，以为是一种默契。

为什么怕听母亲讲过去的事情？是不愿承认我们曾经弱小？是不愿承载亲人过多的恩泽？我们在人海茫茫世事纷繁中无暇多想，总以为母亲会永远陪伴在身边，总以为将来会有某一天让她将一切讲完。

在一个猝不及防的刹那，冰冷的铁门在我们身后戛然落下。温暖的目光折断了翅膀，掩埋在黑暗的那一边。

我们在悲痛中愕然回首，才发现自己远远没有长大。

我们像一本没有结尾的书，每一个符号都是母亲用血书写。我们还未曾读懂，著者已撒手离去。从此我们面对书中的无数悬念和秘密，无以破译。

我们像一部手工制造的仪器，处处缠绕着历史的线路。母亲走了，那唯一的图纸丢了。从此我们不得不在暗夜中孤独地拆卸自己，焦灼地摸索着组合我们性格的规律。

当那个我们快乐时她比我们更欢喜、我们忧郁时她比我们更苦闷的人，头也不回地远去的时候，我们大梦初醒。

损失了的文物永不能复原，破坏了的古迹再不会重生。我们曾经满世界地寻找真诚，当我们明白最晶莹的真诚就在我们身后时，猛回头，它已永远熄灭。

我们流落世间，成为飘零的红叶。

趁老树虬髯的枝丫还郁郁葱葱时，让我们赶快跑回家，去问妈妈。问她对你充满艰辛的诞育，问她独自经受的苦难。问清你幼小时的模样，问清她对你所有的期冀……你安安静静地偎依在她的身旁，听她像一个有经验的老农，介绍风霜雨雪中每一穗玉米的收成。

一定要赶快噢！生命给我们的允诺并不慷慨，两代人命运的云梯衔接处，时间只是窄窄的台阶。从我们明白人生的韵律，到父母还能明晰地谈论以往，并肩而行的日子屈指可数。

给母亲一个机会，让她重温创造的喜悦；给自己一个机会，让我深刻洞察尘封的记忆；给众人一个机会，让他全面搜集关于一个人一个时代的故事。

在春风和煦或是大雪纷飞的日子，赶快跑回家，去问妈妈。让我们一齐走向从前，寻找属于我们的童话。

面具后面的脸

参观新墨西哥州乔治·奥尔夫博物馆附设的女子艺术辅导学校。乔治·奥尔夫是美国最杰出的女画家之一，她的《头骨和白玫瑰》，表达着经典的凄美和让人战栗的死亡体验。在她去世后，遵照她的遗嘱，开办了女子艺术辅导学校。

指导教师杰茜娅白发黑衣，举止卓尔不群，目光熠熠生辉。一句话，开门见山。她说，我们开设的艺术指导课程，不仅仅是指导艺术，更是指导人的全面发展。比如，根据哈佛大学的研究，经过艺术训练的女生，她们的领导才能会有所加强。

我很感兴趣，问，这是为什么？艺术和领导，通常好像是不搭界的。

杰茜娅说，艺术让人的大脑全面发展，增强人的自信心。特别是女孩子，她们的艺术才能往往是比较突出的。如果受到重视，得到相应的训练，她们就会发现自己是有价值的。如果她的艺术作品出色，就会不断地获奖。这样，她们就有了成功的经验。对一个孩子来说，什么最重要呢？就是有成功的经验，感觉到自己的价值。在正常的学校里，让孩子有成功经验的机会并不是很多的。学习文法和数理化，是很枯燥的过程，很多孩子不适应，只有少数的孩子能在常规的学习中感受到乐趣和成就感，大多数的孩子会觉得自己不够聪明。

可以这样说，常规的学习，给予孩子们失败的经历比较多。但是，学习艺术就不是这样了。

首先，我们相信一个大前提，那就是——每一个孩子，都必定有所长。它们冬眠着潜伏着，等待人们的挖掘。不存在“有没有”的问题，是“一定有”，只是需要发现。再者，艺术是没有统一的标准的，允许广阔的想象。关于成功的概念，也是更为开放和宽松的。而且，孩子和成人，谁离艺术的真谛更近一些呢？是孩子。她们对世界，有直觉的把握。在创作的同时，也更清晰地感觉到真实的世界。她们在艺术中学习，这种成功的经验，会蔓延开来，延展到她们生活的各个领域。

这一番话，颇有醍醐灌顶之感。当我们的某些父母只是把艺术作为一种训练一种特长，甚至当成一块高考、就业的敲门砖的时候，杰茜娅她们，已经巧妙地把它变成了赋予孩子成功体验最初的阶梯。

是啊，有什么比一个人，特别是一个孩子的体验和记忆更重要更珍贵的东西呢？回想我们的一生，所以会有种种的命运，虽不敢说全部，但其中偌大的一部分，是源自我们童年经验的烙印。精神分析派的师长甚至不无悲观地说，每个人一生将要上演的脚本，都已在我们六岁前的经历中秘密写定。如此说来，谁能改变一个孩子的童年体验，谁就能改变他眼中的世界和他人生的蓝图。

人的记忆是非常奇怪的东西。我们希望它记住的东西，它虚与委蛇，给你一个过眼烟云。我们希望它遗忘的东西，它执拗着，死心塌地地铭记。记忆的钢钉，就这样不由分说地揳入灵魂最软弱偏僻的地方，却从那里发布一道道指令，陪伴你到永远。背负无法选择的记忆，挺进在人生的曲径上。记忆是有魔法的，它轻而易举地决定着我们的好恶，指导着我们的行动，规定着我们的决策，甚至操纵着我们的生涯……

中国有句俗话，叫作“三岁看老”，看来和弗洛伊德老先生的学说，有异曲同工之妙。这话有前瞻之明，但也有掩饰不住的悲观和宿命。三岁之前，孩子在无知无识中酿出了怎样咸苦的卤水，让他的一生在此凝固？或者反过来说，面对着一个孩子，成人世界有什么力量，可以润物细无声地沁入思维的草地，从此染绿他一生的春秋？

杰茜娅女士的话，正是在这个微妙的层面，给我启迪和震撼。如果说教育是一种外在的渗透，那么，让孩子们深入艺术的创造之中，就生出了发自内在的事半功倍的奇效。让蛰伏内心的翅膀舒展开来，让成功的霞光照亮漆黑的眸子，让最初的成功烙在心扉的玄关……童年的珍藏，就会在漫长的岁月发酵，香飘一路。

面对着这样的理论和尝试，我肃然起敬。

我说，你这里走出多少艺术家？

杰茜娅说，我从来没有统计过。

我说，哦，她们还小。艺术的成功要很多年后才见分晓。我知道现在谈这些，一切都为时过早。

杰茜娅说，不仅因为统计操作上的困难。开办这个学校，并不是为了从小培养出几个艺术的天才，是为了更多的孩子生活中多一些阳光和快乐，发展健全的人格。我把孩子们的艺术品都保存了起来。其实，对于她们来说，这些并不是艺术，是另外一种心灵的表达。她们并不是为了成为艺术家才进行创造的，她们把艺术当成了心灵的一部分。但是，这不正是艺术最原始最根本的标志吗？

我说，能否让我看看孩子们的艺术创造？

杰茜娅说，好吧。请跟我来，在仓库里。

那一天，是休息日。宽敞的校舍里没有一个人。我走在寂静的走廊，忽然生出心灵探险的感觉。想象不出我将看到的是怎样的作品，但我确知那是一扇扇年轻的珠贝分泌出的珍珠，不论它们圆还是不圆。

杰茜娅捧出一摞石膏面具。我说，这是什么？

杰茜娅说，这是我们做过的一次练习，题目是“面具后面的脸”。

我说，这个题目很有意思啊。

杰茜娅说，是这样的。孩子们渐渐长大的过程，也就是她们对成人世界渐渐认识的过程。她们脱去了最初的纯真，学会了戴上面具。没有面具是不可能和不现实的。但是，人不能总在面具后面生活，特别是人对自己的面具要有清醒的认识，要知道哪些是面具，哪些是真实的自我。明白自己的面具是怎么来的，如果有可能，要将面具减到最少。要使真我和面具尽可能地统一起来。

总之，就是对面具有一个明白的认识和把握，不能让面具主宰一切。

很深刻，也很玄妙。我说，能让我看一个具体的孩子的创作吗？

杰茜娅说，好啊。说完，她就从一摞面具中挑选出了一个，递给我。

这是一个美丽的面具。石膏模型的正面，是如花的笑脸。挑起的眉梢，长而上翘的睫毛，桃色的腮和银粉的唇。各种色彩涂得很到位很和谐，甚至可以说是性感的。

我说，很美。

杰茜娅说，是啊。这个女生的名字我不告诉你，就叫她安娜吧。安娜在人前就是这个样子。可是，你看看面具的后面。

我把面具翻了过来。在面具的凹陷处，填满了石子和羽毛。石子是尖锐和粗糙的，棱角分明。羽毛肮脏残破，绝非常见的蓬松温暖，支支像劣质的鹅毛笔，横七竖八地乱戳着。特别是在面具背后的眼眶下面，画着一串串黑色的水滴，每一滴都拖着细长的尾巴，仿佛蝌蚪正从一个黑色的湖泊源源不断地游出来……

这个没有一个字一句话的面具，如同医院做冷冻治疗的雾气，把一种彻骨的寒冷传递到我的指掌。

是的。这就是安娜的内心，她的另一张面孔，更真实的面孔。她的母亲患癌症去世了。安娜目睹了她从患病到死亡极端痛苦的过程，这使她深受刺激。

她的父亲酗酒，夜夜醉得不省人事，她只有寄居在亲戚那里。她每天都在微笑，是一个人见人爱的孩子，她生怕别人不喜欢她。如果没有这种艺术的创造和表达，没有人知道她的痛苦。她被压抑的内心在这种创造中得到了舒缓，也使她认识到自己的分裂和冲突。她开始调整自己，认识到母亲的去世并不是自己的过错，她并不负有让别人都喜欢她的使命。她可以在人前流泪，也可以直率地表达自己，她有这个权利。

听到杰茜娅女士说到这里，我才深深地吁出了一口气。是的，你能说这是简单的艺术吗？不能。你能说这不是艺术吗？不能。孩子和艺术就这样天衣无缝地黏合在一起，艺术成了生活的一部分。这样的艺术直击心扉。

我说，还有吗？我非常喜欢你和孩子们的创意。

杰茜娅说，这里还有女孩子们画的画，是命题画，题目就叫《80岁的奶奶》。乔治·奥尔夫说过，颜色和语言的意义是不一样的。颜色和形状比文字更能下定义。

我说，是请一位老奶奶做模特，让孩子们画她吗？

杰茜娅说，没有老奶奶做模特。或者说，模特就是她们自己。

我说，此话怎讲？

杰茜娅说，我要求每个孩子对着镜子，想象自己80

岁时候的模样。要画得像，让别人一看就知道那是你。要画出沧桑和年纪的痕迹，还要画出你的职业和家庭对你的影响。因为这些随着年龄的增长，都会在人的相貌上体现出来。

当然了，在画画之前，你要为自己写出一个小传。80岁的人，不是凭空变成的，是经历了很多过程的人。你要心中有数，她到底走过了怎样的人生，你才能画好她。

我说，真是有趣得很。您要达到的目的是什么呢？

杰茜娅说，除了画画的基本技巧以外，我想让女孩子们知道年纪和衰老是正常的，不是可怕的。只要她们活着，就一定会变老。她们将在自己光滑的额头上，画出密密的皱纹，那是岁月赠送的不可拒绝的礼物。特别是她们需要思考自己的一生将怎样度过。做什么职业，成为什么样的人，包括希望成立怎样的家庭。

我说，我明白了。孩子们是在这幅画里，画出自己的理想和人生。我可以看看她们的画吗？

杰茜娅拿出了厚厚的画稿。

飞快地翻动，于是，我看到一位位老媪，额头和嘴角都有明确到显出夸张的皱纹，头发稀疏皮肤松弛，白发苍苍面带微笑……在这群苍老的女人画像下面，是她们各自的小传。有女滑冰运动员、女服装设计师、女汽车制造商、女医生、女律师……有一幅最有趣，一位老奶奶的膝下，绕着无数的孩子。我说，这位老奶奶是开幼儿园的吗？

杰茜娅说，不是。这位女生的理想就是要生这么多的孩子。

那一瞬，我好感动。试着想想这些画的创作过程吧。一些嫩绿的叶子，对着镜子，观察着自己的脸庞。然后迅速地画下脸部的轮廓，接着是长久的沉默。她们一笔笔地在这张青春勃发的面庞上，刀刻般地画出嶙峋的皱纹，每一笔都是挑战和承诺。在生命的这一头，眺望生命的那一头，万千感受，聚集一心。从郁郁葱葱到黄叶遍地。

“我看见被乌云藏起的月亮，我听见在水下游泳的风，我哭泣，因为我是古堡里的蚯蚓……”杰茜娅朗诵了一个女孩子创作的诗。

艺术不仅是技术，更是灵魂的栖息之地。配以一个有力优雅的手势，杰茜娅结束了她的谈话。

美味的菌子

十几岁，正是长身体的时候，如果家中有条件，会让这个年纪的孩子吃很多富有营养的食物，比如豆腐、鸡蛋、牛奶等。如果不是很富裕，妈妈也会让你多吃五谷杂粮，变着法子粗粮细作，以增强你的体质，让你能茁壮成长。

十几岁，也是长思想的时候，你会从一个儿童渐渐向一个少年和青年过渡，也要有充分的营养供给补充自己的脑子。我说的这个补脑，不是指的用什么营养液或是鱼油之类的保健品，而是指你将摄取怎样的价值观、审美观进入你的思维体系，你将把目光投向何方，以初步定下自己的奋斗目标。这个时候，选择什么是非常重要的。

好多年前，我和朋友一道去云南横断山深处工作。一日雷雨过后，在路上走得人困马乏（我们没有真正的马，只有一辆旧汽车），停下来找了户人家休息。等候吃饭的间隙，我四处乱转。小屋旁边就是遮天蔽日的原始森林，主人叮嘱我千万不要走远，在密林中迷了路或遭了蛇咬麻烦就大了。我漫声应着，四处观赏，突然在一棵大树下发现了一捧欣欣向荣的蘑菇。它们占据了脸盆大小的一块湿地，蘑菇伞丰厚润泽，中心是赤血红色，周围镶着亮蓝色的窄边，不规则地嵌着金光闪闪的斑点，如同金刚鹦鹉的羽毛五彩斑斓。我不由得揉了揉眼睛，为大自然的杰作所倾倒。我跌跌撞撞地跑回小木屋，对正在灶边忙碌的女主人说："中午要加一个菜，无论你要多少钱。"

女主人翻炒着锅中的青豆，头也不抬地问："啥子菜哟？"

我说："蘑菇。我在你们家的旁边发现了一片蘑菇，长得茂盛极了。不知是你们种的还是天然生长的？"

女主人抬起头："你说的是啥东西？我不知道。"

我绘声绘色地把那丛蘑菇的形态描绘了一番，女主人说："噢，是菌子啊。"

我这才晓得，当地人是用书面语"菌"来称呼蘑菇的，很有书卷味道，可那一刻饥肠辘辘的我，最感兴趣的是尝一尝熟菌子的味道。我摩拳擦掌道："你很忙，我去把菌摘回来吧。"

女主人疾呼："采不得！"

我说："是别人家种的吗？"

女主人说："那是毒菌！"

我失声道："它们那么美丽……"

女主人说：“美丽有啥子用啊，越是美丽的菌子越是有毒啊，吃了是要死人的。”女主人一边说着，一边把另一盘洗好的菌子倒进炒锅。那些菌子已经被撕扯开了，不再是长在地里时的完整模样。但粉红色的伞上缀有金黄的条纹，如同盛开的百合，依然异常娇艳。也可能是饿得头发昏，一瞬间，我恍惚觉得女主人是否为巫婆所变，因为我们误闯入了她的领地，所以特地化作厨师，要用毒蘑菇结束我们的生命，以示惩罚？

女主人好像看出了我的疑惑，露出洁白的牙齿笑笑说：“你看这菌子也很花哨，好像有毒一样，可它是没毒的。不信，你尝一尝，鲜美得很呢！”说着，女主人把已经炒熟的菌子盛了半碗给我。

看着她诚恳的目光，我毫不犹豫地把菌子吞了下去。我必须承认，这是我生平吃到的最神奇的菜肴之一，带着妙不可言的森林的味道，唯一的遗憾是熟菌子不再鲜艳，变成了中规中矩的黄褐色。

我问：“这些菌子长在树林中的时候，是什么样子？”

女主人说：“美得很！比你看到的那些菌子还要美，我们都叫它仙女菌。”

我一边暗叹自己一不留神把“仙女”吃掉了，一边又生疑问。我说：“你刚才不是讲越是漂亮的菌子毒性越大，可到了仙女菌这里，这条规则却不管用了。到底怎样才能识别菌子的好坏呢？”

女主人已经做完了饭菜，解着围裙对我说：“从菌子的长相来断它有没有毒，是最皮毛的法子。真正有准头的是经验。以前有很多人吃过了，用命试过了，知道了什么菌子好，什么菌子不好，一辈辈传下来……”

女主人的这些话和菌子的美味，被我的胃和脑子一并收纳，记到了今天。世上有很多文章，如同大森林中的蘑菇，形形色色五花八门。很多人读过了，就像是采蘑菇吃蘑菇的人。有些书干燥乏味，如同普通的菌子，可吃，但营养有限。还有一些菌子，就像我看到的那丛毒菌，外表艳丽夺目，却是有害的。有些人吃了味美的好蘑菇，就推荐给自己的朋友和更多的人一起品尝。

好的书吸收了大地的营养，沐浴了太阳的光芒，凝结了中外哲人的智慧，积聚了幽默和沉思的精华。读者们读完，增加了气力，丰富了知识，心情变得愉快，脚步也会更加轻捷。

因为柔软，
所以更需要智慧

不论男性还是女性，每个人都有一个发现自己、认识自己的过程，它伴随着一个人成长的全过程，也随着每个人的成长而深化。我读心理学，就是想更好地了解人、了解自己。我觉得人如果能把自己搞明白是件很有意思很好玩儿的事。作为女性，更要了解自己，发现自己。通常人说“人贵有自知之明”，都是说要明白自己的不足之处。而我认为，女性不光要了解自己的缺点，更要了解自己的优点、自己的特点，这才真的“珍贵”。

我做过医生，对女性的生理比较了解。男女生理上最大的不同是生殖系统的不同，但这种不同并不从根本上决定性别的优劣、强弱。我觉得男女的差异主要体现在社会性别上。我在西藏当兵的时候，我们司令员曾特别惋惜地对我说：“你要是个男的就好了。”我问为什么，他说：“你挺能干的，我想提你当参谋，以后还可以当参谋长。可惜你是个女的，这就没有一点儿办法了。”这是我长大成人后第一次鲜明地意识到男女性别上的不平等。现实中，女性在权利、义务、文化、尊严等方面与男性是有很大差距的，女性在社会上的声音总是很微弱，这是和人类社会的发展过程息息相关的。古时候人们要打仗，丈二的长矛女的就是拎不动。而现在，坐在电脑前，男女都一样，而且女的输入得可能还更快。人类的科技进步，为推动男女平等提供了基础，男女因为生理原因导致的不平等是可以渐渐被淡化的。

我发现我们女性和男性的差异，主要是由于文化上的原因造成的。比如，严父慈母大家都觉得很正常，但如果一个家里是严母慈父，大家会觉得有点儿例外。其实慈、慈悲，是男女共有的品性，不是女人的专利。我曾看过一位作家写的文章，说更年期本是人一个正常的生理过程，但人们说起时会认为它包含一种贬义。这里头就有非常多的文化因素。在大学听我做报告的女学生特别多，从她们的眼神中我知道她们在思考，可到自由提问的时候，通常第一个站起来的总是男生。从我们的文化上讲，一个女孩子总要先看看别人讲什么，这么站起来会不会冒失啊，又担心自己的问题会不会太幼稚啦，实际上是一种文化在压迫着她。从某种程度上说，这是女性的“自动放弃”。人是生而平等的啊！平等不是等出来的，是自己做出来的。这种“文化上的压迫”存于心间，即使平等已经到来了，女性自己心里还觉得不平等，那么这种平等就不能真正地到来。

女性要学会思考，真正成熟起来。女性心理成熟和自身的阅历在一定程度上相关，而这种阅历只是一种成熟的土壤，成熟则需要智慧。比如一个女人经历了失败的婚姻，上一次她找了一个比自己强的失败了，这次就去找一个差的，最后她可能结了四次婚，还是失败了。阅历没有上升成为智慧，没有思考，失败可能还会重复，而并不能使她真正地成熟。我常常看到鸟儿一根一根地叼来树枝，千辛万苦也要给自己搭一个窝，我想，它们也是需要一个家，需要一种安全感的。人也一样，只是女性在体力上没法跟男性比，所以才对安全感要求更高。她们更需要男性的责任感，更需要关怀和呵护，这种需要是正当的。外在的柔软并不意味着女性就是弱者。在面对困境和生命挑战时，男女采取的方式可能不同，但克服困难的本质是一样的。女性凭借自己内在的力量能够赋予自身生命的意义、人格的尊严。她们在挑战自我的程度上，在承担社会责任的能力上，是和男性相同的。

女性对自身的了解和认识，包括她对自身生命意义的认识。女性到底是为谁活着？很多女人视孩子和丈夫超过自己的生命，以他们为自己生存的意义而忽略了自己。丈夫、孩子无疑是值得女人为之付出的，但并不是女人的自身或全部。我们说世界上没有相同的两片树叶，生命属于女人自己，女人应该是她自己，应该为自己活着。不少女人在失去丈夫时觉得自己没法活下去了，在孩子不在身边后突然觉得生活空空荡荡没了着落。漫长的岁月里她们总是在等，等孩子的长大，等丈夫的闲暇，当这些都等到时，才发现自己已经衰老，已经远离了自己原本想干的事。每个人应该对自己负责，女性如果把自己生存的意义完全寄寓于对方，寄寓于别人对自己负责，这对男人也是不公平的。

女人因为柔软，所以更需要智慧。情感充沛是女人天性的特点，但不应该是女人的弱点。情感是好东西，女人怎么能没有情感呢？只是女人在付出情感时需要判断对方的真假，付出情感后还要保持与男人发展的同步。当然，这种同步不一定是事业上的，而是精神上的同步，精神上的成熟。女人在工作、家庭中的角色本身也是在发展变化中的。一劳永逸是不行的，坐等十年智慧也是等不来的。智慧不是来自外界，而是女人自身的修炼，内在的积累。智慧的女人给人的感觉会是宁静的、平和的。

如果我有一个女儿（我有一个很会自己拿主意的儿子），我不预期她将来干什么，我会让她自己去经历成长，我希望她去读更多的书，希望她在智慧上比我更胜一筹。我相信读书会开启女性自身的智慧。相比之下，我觉得“春蕾计划”更是难能可贵的。平等的受教育的机会对女性是非常重要的。

从女性的特点来说，女性敏感细腻，更容易感受幸福。幸福对每个人的定义是不确定的。我在感到自己有力量的时候，有一种幸福的感觉。这种“有力量”不是指别的，而是我能感知美好的东西，我有能力决定自己的生活。

由从医到写作，是因为写作让我觉得愉快，让我了解人，了解自己，发现自己。我没有理由去做让自己不愉快的事。生命有不可预见性，生活多么新奇，能让我不断地向前走，不断地进步，我感到很高兴。我想，所有的女性都一样，如果能真正地了解自己，能有智慧，做自己能做好的事，那么，幸福就在不远处。

混入北图

带儿子混入北京图书馆，蓄谋已久。

孩子的度量衡，与成人大不相同。人小的时候，可以吃到一生中最好吃的东西，看到一生中最神秘的景象，记住一生中最难忘的话语，甚至恐惧，也是童年时为最。

我带孩子参观过许多展览，许多博物馆。四岁时便让他独自去爬长城，我坚信那份磅礴与宏伟，会渗入他的骨髓。少年是一块虚怀若谷的包袱皮，藏进什么都最稳妥，一辈子都能闭着眼摸到。

北图是亚洲最大的图书馆和北京最美的建筑之一，但它只对成人开放。门口很随意地写着（想象中北图的规矩应该铭刻在铜质烫金的硬物上）进入需要证件。说起来挺宽松的，比如退休证、个体工商者证都行，唯有对学生，是一份别致的苛刻：需大学三年级以上的学生证。

假如儿子20岁时才能进入北图，我觉得那是生命的遗憾。对于成人，北图只不过是获取知识的所在。对于孩子，这座宝蓝色屋顶的巨大宫殿，该有一股独特的魔力。无奈我们的国立图书馆“少儿不宜”，于是一个鬼祟而崇高的主意开始萌动：等他长到和我一般高，我们就混入北图。

耐心地等待这颗青果成熟。终于有一天，孩子能穿

40号的鞋了。我对他说：想去北图吗？想去。儿子酷爱书。他说过最爱的是母亲，其次是书，气得他父亲咻咻。现在，第一爱的要领他去看第二爱的，焉有不快活之理？

需要做些准备。

穿上你爸爸的羽绒服，这样可以显得更臃肿更老成些。戴上平光镜，别戴墨镜，墨镜容易诱人起疑，哪有进图书馆两眼昏黑的。不要戴口罩，现在大街上谁戴口罩？欲盖弥彰。

最重要的是揣上你爸爸的工作证。且慢，让我再看看像不像。那是丈夫年轻时的肖像，儿子与他酷似，心中便很踏实。

装扮妥当，临出门的那一瞬，突然气馁。从来没做过这种偷天换日的事，心中惶惶然。要不，等你再长大一点儿，唇边有了小胡须，就更像你爹了，咱们再去？我试图劝阻儿子。

妈妈，你为什么这么婆婆妈妈！纵然被人捉住了，又有什么？鲁迅早说过，窃书不算偷。况且我们并没有偷，只是看。看看有什么罪过？14岁男孩像马驹一样蓬勃的话，鼓舞了我。不过那句话是孔乙己说的，不是鲁迅说的。我纠正他。

走！去北图！

北图门口有卫兵，那是不足虑的，他并不盘查。很顺利地通过这第一道关卡。我故意落下几步，从侧面观察儿子。他确实很像个成人了，步履匆匆地向北图高大的正门迈去。漫长的汉白玉台阶上生长着在北国冬天显出苍灰色的苔藓。

慢行。我说。为什么？妈妈。他问。你看那台阶。台阶怎么啦？那台阶证明很少有人从正门通行。那人们从哪里进去读书呢？有许多莘莘学子从我们身边掠过。

从侧门。我说。

那么，正门什么时候开呢？好像是有贵宾参观的时候。

儿子便有一刻黯然。然而毕竟是孩子，他很快被北图优雅的环境所陶醉。

这是北方冬日极好的一个晴天。天穹蓝得如同海底世界，北图以同样碧蓝且更为耀眼的琉璃瓦无所顾忌地炫耀自己。在这座庞大的王国里，居住着书的君王和它的亿万子民。

洁净的院落里，树影扶疏。注意树上的标牌，上面写着这株植物的名称种属……我提醒儿子。

儿子像小鹿似的跑。妈妈，我们还是去看书！到了图书馆，看书最重要，看植物留到植物园吧！

现在，我们要通过第二道封锁线了。进楼的人须把证件打开。妈妈，他会仔细看我的工作证吗？爸爸的年龄一栏里写着40岁，我怕……儿子倚住我。

别害怕！我在前面走，你在后面跟。注意我的动作，只潇洒地把证件扬一扬，以我的经验，门卫就会挥手放行……我勇敢地给儿子示范。

终于，我们成功地进入了北图！

我领着儿子，教给他怎样存包，怎样查找目录，怎样办理复印手续……他像只乖巧的小狐狸不远不近地跟随我……我最后指点给他厕所的位置。

现在，我们去阅览厅吧！儿子跃跃欲试地说。

现在，我们回家去吧！你已经看到了北图的巍峨，你已经知道了借阅的程序，我们的目的已经圆满达到，该走了。至于书，哪里都是一样的，犹如水，无非是河里的浅，海里的深。

不！妈妈。那不一样，海水是咸的！如果我们不看书，那还算什么到过北图！

我要承认我在粉饰怯懦。领儿子游览北图迄今顺利，一切平安，应该见好就收。终究是用的假证件，出了纰漏，就毁了初衷。

面对儿子渴求的目光，我决定率他铤而走险。孩子，你走进厅里，工作人员会接过你的证件，然后换给你一个号码牌，你就到座位上去读书……注意签字时，一定要写你父亲的名字而不是你的……还有单位，千万不能写成你所在的中学……最后，切记不可把书带出来，不然特殊的仪器会发出尖锐的鸣叫……我谆谆告诫。

妈妈，我去了。儿子像股火苗，一蹿好高。不成，咱们再换一个阅览厅。我牵起他转移阵地。

为什么？儿子大惑不解，这个阅览厅的工作人员看起来很负责，我们太危险。

真正明白了什么叫做贼心虚。挑了一个工作人员埋头读书的阅览厅，用手一指，果断地说，你进去吧！

妈妈，你不同我一起去呀？儿子惊讶地瞪圆了眼睛。你害怕了吗？我激他。好，妈妈！儿子一步迈了三级台阶，拐向阅览厅。

真实的理由是——我害怕这种场面。也许儿子尚不致露马脚，我先要在一旁面红耳赤，心跳如驼铃了！

我卡在楼梯口，既不敢上，也不敢下，探头觑着阅览厅落地的玻璃门。在儿子向工作人员掏出证件的那一瞬，我闭上了眼睛……

真害怕看到尴尬的一幕，真恐惧听到刺耳的叱声……

四周静悄悄，仿佛一片荒原。待我再睁开眼睛，我已看不到儿子了。巨大的玻璃门像一层无声瀑布，只有那位工作人员仍在痴迷地读着书……

儿子终于成了北图读者，我好欣喜。原想进去找他，又想还是让他独自享受在这殿堂中阅读的喜悦吧。

我在楼梯拐角处，一直等到闭馆时儿子出来。我们到小卖部买点儿熟食充饥。

妈妈，你说人家不会仔细瞧照片，实际上他的眼光像吸尘器，在我脸上吸了个遍，肯定认出了我。只是，他什么也没有说。

哦，谢谢你，北图爱读书的管理员！

告别北图。儿子说，今天我有三点感受最深。一是北图的书真多啊！二是北图的快餐鱼真好吃。最后一条是……他沉吟，显出少年老成。

最后一条是什么呢？轮到我好奇。

我想从北图的正门走进去。

进当铺的男孩

儿子有一天对我说，他们班同学有一支派克笔要出让，开价人民币100元整。

这笔是个什么来路？不会是赃物吧？我说。

儿子说笔的来路绝对正当，是那同学的亲戚送的，他因已有了一支，故将这支出售，肯定是原装。

我看出儿子的渴望，就说，我认为一个孩子现在就用派克笔，有点儿为时过早。

儿子激烈地反驳说，派克笔也是少儿不宜吗？

我被噎得没话回答，就说，这笔太贵了，没有那么多的钱。

儿子转了一下眼珠说，您的意思是只要我可以搞到钱，就可以买下这支笔啦？

我当然不是这个意思，但一时也琢磨不出更好的理由回绝。想他一直是个守本分的孩子，手中并无积攒的闲钱。现在离春节还很远，也没有压岁钱供他挥霍。只要施行经济封锁，他的梦想就是镜中之花。于是支吾着说，是啊是啊。

儿子说，买笔的事，咱们一言为定。

我说，钱的来路须光明正大。

儿子说，您就放心好了。

过了两天，儿子把他的世嘉游戏机妥妥帖帖地捆起来，结实得好像一个炸药包。我随口问了一句，又要借给哪个朋友玩儿啊？

儿子龇牙笑着说，这一次不是借给人家，是放进当铺里换点儿现钱。

我吓得跳起来，抚着胸口说，请把你的话再说一遍，我大概耳背了，实在听不明白。

儿子说，为了买笔，我需要钱。我检点了一下我的所有财产，就数这台游戏机值钱了。我去当铺里问了一下，大约可当250元钱，可惜您把发票弄丢了，要不然还可以多当些。

我说，天啊，你小小的年纪就知道进当铺了，长大了一定是个败家子。

儿子奇怪地说，这和败家子有什么关系？反正从现在到暑假的日子，我都没有机会玩游戏机了，放在家里什么用也没有。进了当铺，我就可以用钱买到笔……

我不客气地打断他的话，可是你拿什么钱来赎呢？医得眼前疮，剜却心头肉。到时候没有钱，你的游戏机就成了死当。(我好不容易从以前读过的旧小说中，记起了“死当”这个词，用得恰是地方。)

儿子不慌不忙地说，以后我每个月都从伙食费里节省一些，到了暑假的时候就可以把游戏机赎回来了。当铺的库房很严密，还有空调，游戏机搁在那里，真是比家里还保险呢。

我瞠目结舌。面对着这种无懈可击的计划，只能自叹弗如。

我说，我这一辈子，除了出门忘记带钱的时候，临时跟人借个汽车票钱什么的，还真没有正儿八经地借过钱，更不要说进当铺了。

儿子说，要是等我慢慢地把钱攒够了，我们同学的派克笔早就拍卖出去了。我觉得当铺没有什么不好的，可以救人急难。

我们的争论告一段落。

后来，儿子还是把他同学的派克笔买了回来，用的是我贷款给他的100元钱。

我一再声明贷款是无息的，而且偿还期可以拖得很长，不必他短时间内压缩伙食费还贷，以保障身体健康。

儿子从此用派克笔流利地书写作业，但提起此事时，表情却是悻悻的。

他说我给的钱有嗟来之食的味道，还是自进当铺来得理直气壮。

图书在版编目（CIP）数据

教养的关系花园 / 毕淑敏著. —北京：生活书店出版有限公司, 2016.5（2017.1重印）

ISBN 978-7-80768-139-7

Ⅰ.①教… Ⅱ.①毕… Ⅲ.①散文集－中国－当代
Ⅳ.①I267

中国版本图书馆CIP数据核字（2016）第060401号

策 划 人　李　娟

责任编辑　廉　勇

装帧设计　视觉共振设计工作室

责任印制　常宁强

出版发行　生活书店出版有限公司
（北京市东城区美术馆东街22号）

邮　　编　100010

印　　刷　北京顶佳世纪印刷有限公司

版　　次　2016年5月北京第1版
2017年1月北京第2次印刷

开　　本　787毫米×1092毫米　1/32　印张9.5

字　　数　145千字

印　　数　5,001—8,000册

定　　价　42.00元

（印装查询：010-64052612；邮购查询：010-84010542）